제리엠 게임판타지 장편소설
WISHBOOKS GAME FANTASY STORY

힐통령
태양의 사제

KB012935

힐통령
태양의 사제 8

제리엠 게임판타지 장편소설

초판 1쇄 찍은 날 | 2019년 4월 22일
초판 1쇄 펴낸 날 | 2019년 4월 29일

지은이 | 제리엠
펴낸이 | 예경원

기획 | 위시북스
편집책임 | 이규재
편집 | 위시북스

펴낸곳 | 예원북스
등록번호 | 제396-2012-000132호
등록일자 | 2012. 7. 25
KFN | 제1-399호

주소 | 경기도 고양시 일산동구 호수로 646-24 위너스21II빌딩 206A호 (우)10401
전화 | 031-819-9431 팩스 | 031-817-9432
E-mail | yewonbooks@naver.com

ⓒ제리엠, 2018

ISBN 979-11-6424-247-4 04810
      979-11-89450-74-8 (set)

제리엠 게임판타지 장편소설
WISHBOOKS GAME FANTASY STORY

힐 통령 ⑧

태양의 사제

Wish
Books

CONTENTS

54장
태양이 떠오르는 곳(2)

　모라크가 쥐고 있던 알버트의 턱을 놓자, 그의 몸이 스르르 바닥에 무너졌다.

　곧이어 고개를 돌린 그의 두 눈동자는 새롭게 등장한 사제 한 명을 발견할 수 있었다.

　"흥미롭군요."

　성스러워 보이는 새하얀 사제복을 입고, 후두를 깊게 눌러 쓴 사제.

　이해가 가지 않는다는 표정을 지은 모라크는 가볍게 손을 저었다.

　"어떻게 이곳까지 들어왔는지 모르겠지만…… 죽이세요."

　다시금 움직이는 뮬딘 교의 암흑 성기사들. 태양 기사단을 처치할 정도로 실력이 뛰어나고, 머릿수도 많은 이들이었다.

사제의 죽음을 이미 확정 지은 모라크는 알버트 교황을 쳐다봤다.

"자, 그럼 저희는 하던 일이나 마저……."

촤르르르륵! 콰앙! 콰앙!

그때, 뒤쪽에서 들려온 거친 폭발음이 터져 나왔다.

모라크는 하던 말을 멈출 수밖에 없었다.

'폭발음이라고?'

상대방은 성기사도 아닌 일개 사제다.

'그런데 어째서 태양 기사단을 쓸어버릴 때보다도 더 거센 저항을 할 수 있는 것이지?'

그 궁금증이 모라크의 고개를 돌렸고, 그의 눈동자가 크게 흔들렸다.

바닥을 나뒹구는 뮬딘 교의 암흑 성기사 세 명.

촤라라락.

그리고 조용히 사슬을 끌어당기는 사제의 왼손.

그 정보들을 취합하던 모라크가 돌연 박수를 쳤다.

"그렇군요! 아아아! 후드를 깊게 내려서 몰라봤잖습니까. 당신이 주제도 모르고 교단의 대업을 방해하는 버러지, 카이로군요!"

"날 아나 본데."

"알다마다요. 애초에 이번 일이 끝나면 당신을 찾아갈 생각이었는데…… 생각보다 빨리 죽을 운명이었나 보군요."

모라크는 귀찮은 일을 덜었다는 표정을 지어 보였다.

"본래라면 두 번째 적합자를 이용해서 죽일 생각이었지만…… 이렇게 된 이상 그럴 필요는 없겠지요."

그의 오른손이 올라가자, 수십여 명의 뮬딘 교 암흑 성기사들이 무기를 빼 들었다.

"당신은 뮬딘 교의 가르침에 저항하고 사사건건 교단의 대업을 방해하는 인물. 아무리 부활의 권능이 있는 모험가라지만…… 몇 번이고 반복해서 죽이면 언젠가는 저항할 의지조차 남지 않겠지요."

"유감."

카이는 강인한 의지의 롱소드를 뽑으며 협곡 안에 위치한 수많은 성기사들을 쳐다봤다.

'암흑 성기사 서른. 암흑 사제가 스물.'

게다가 스무 명의 암흑 사제들은 모두 협곡 위에서 자신을 내려다보는 중이었다.

원거리 지원과 공격에 특화된 이들이니만큼 거리의 이점을 살리겠다는 뜻!

'사제들을 보호하겠다고 협곡 위로 보낸 판단은 좋았어.'

무릇 지휘관이라면 당연히 할 만한 판단이었다.

다만…….

"날 무시해서는 안 되지."

손가락을 강하게 튕긴 카이가 소리쳤다.

"강화 소환, 미믹, 블리자드!"

스파크를 그리며 바닥에 그려진 두 개의 마법진이 각각 익숙한 생물을 소환해 냈다.

카이는 자신의 귀여운 펫들을 쳐다보며 명령했다.

"블리자드는 나와 같이 전면전을! 그리고 미믹은⋯⋯."

척!

협곡 위쪽을 가리킨 카이가 명령했다.

"킹 샌드웜, 물어!"

명령과 동시에 미믹의 덩치가 무섭도록 불어났다.

순식간에 수십 배나 커진 미믹의 덩치!

"호오오, 이것이 보고서에 쓰여 있던⋯⋯."

킹 샌드웜으로 변한 미믹을 관찰하던 모라크는, 녀석이 협곡의 벽을 파먹으며 사라지자 그때야 정신을 차렸다.

"⋯⋯아차! 킹 샌드웜!"

이 협소한 공간에서 저렇게 무식하게 덩치가 큰 녀석을 가지고 할 만한 일은 하나밖에 없다.

'카이 녀석, 판을 뒤엎을 생각이다!'

그 사실을 깨달은 모라크는 협곡 위에서 성기사들을 지원하던 사제들에게 소리쳤다.

"도망쳐라! 아니, 지금 당장 그곳에서 내려와!"

"……?"

암흑 사제들이 그 말을 이해하지 못하고 고개를 갸웃거리는 순간.

쩌저저저저적!

두 다리를 딛고 있던 지면이 순식간에 무너져 내렸다.

"어어어어!"

"무, 무슨!"

당황해서 팔다리를 허우적거리는 그들은 순식간에 수십 미터 높이에서 떨어졌다. 암흑 성기사들은 사제들을 구하려고 분주히 움직였다.

하지만 그걸 가만히 지켜볼 카이가 아니었다.

"블리자드. 아주 제대로 괴롭혀."

"크르륵."

송곳니를 드러내며 씨익 미소를 지은 블리자드는 특유의 기민한 몸동작을 선보였다.

타다다닥!

녀석은 벽을 타고 달리며 두 자루의 곡도로 떨어지는 사제들의 몸을 난자했다.

카이는 녀석이 날뛰는 동안, 자신을 에워싼 성기사들을 상대했다.

콰아아아앙!

전후좌우.

나노초 단위로 쏟아지는 무수한 검격들 사이에서, 카이는 자신의 전력을 숨기지 않았다.

"신성 폭발."

모든 스탯이 말도 안 되게 상승하고, 카이의 몸놀림도 과감해졌다.

'예전이라면 신성 폭발이 최후의 한 수 같은 느낌이었지만…….'

이제는 아니었다.

서걱! 서걱!

[7,404의 대미지를 입혔습니다.]

[신성력을 700 회복했습니다.]

[신성력을 550 회복했습니다.]

[신성력을 1,200 회복했습니다.]

적에게 피해를 입힐 때마다 차곡차곡 쌓이는 신성력!

신성 폭발은 초당 1,000이라는 무지막지한 신성력을 소비하는 스킬.

하지만 고급 여명의 검법과 함께라면 무한정으로 사용이 가능할 정도였다.

'게다가……'

예전에는 신성력을 관리한다고 자주 사용하지 못했지만 이제는 거리낌 없이 사용할 수 있다.

"홀리 익스플로젼!"

콰아아아아아!

카이의 손끝에서 뿜어져 나온 빛의 광선이 그대로 암흑 성기사들을 뒤덮었다.

신성력 스탯에 비례한 무지막지한 공격력!

'게다가 뮬딘 교도들 태양교의 신성력에 취약하지.'

한 마디로 카이를 잡으려면 암흑 성기사들 정도로는 안 된다는 뜻이다.

"못해도 이단심판관들 몇 마리는 데려왔어야 했겠지만……"

아무리 두 명의 추기경들이 도와줬다고 해도, 이곳은 신성 왕국 라피스 인근이다. 상대적으로 수준이 낮은 암흑 성기사, 사제들이라면 몰라도, 뮬딘 교의 이단심판관들이 활동하기에는 아무래도 무리가 있다.

"뭐, 반응을 보니 이런 곳에서 날 만날 줄은 꿈에도 몰랐던 모양이지만."

자신은 지난 전쟁에서 이단심판관을 홀로 쓰러뜨렸던 전적이 있다. 만약 이곳에 올 줄 알았다면, 이렇게 조촐한 전력을 준비해 두지는 않았을 터.

'정리는 시간문제겠어.'

카이가 느긋한 마음으로 검을 휘두르려는 찰나,

한 줄기 고함이 그의 몸을 멈춰 세웠다.

"동작 그만! 거기까지다!"

카이는 고개를 돌려 알버트 교황을 인질로 삼고 있는 모라크를 쳐다봤다.

"네놈이 날뛰는 것도 여기까지다."

"글쎄, 나 아직 몸도 다 안 풀렸는데."

"눈만 있다면 알 수 있다. 지금 이 상황에서 우리의 전력으로 네놈을 막을 수 없다는 걸 말이지."

모라크는 순순히 자신들의 패배를 인정했고, 담담히 선언했다.

'……무슨 꿍꿍이지?'

카이가 눈매를 가늘게 뜨자, 모라크는 싱긋 웃으며 입을 열었다.

"한 가지 제안을 하지. 우리와 손을 잡자."

"……뭐라고?"

"네놈의 재능, 신성력, 그리고 전투 센스. 모든 것이 마음에 들었다. 게다가 무엇보다……."

모라크는 덜덜 떨리는 목함을 들어 보였다.

"어둠의 정수께서 널 선택하셨다. 본래 적합자는 알버트 교황이었는데 말이지."

"무슨 말인지 모르겠는데."

"훗. 쉽게 설명해 주지."

모라크는 들고 있던 목함을 열더니, 한쪽 손에 특수한 장갑을 꼈다. 그러고는 웃으며 어둠의 정수를 꺼내 들었다.

"우선 이것이 무슨 물건인지 알고 있나?"

"처음 보지만……."

보는 것만으로도 인상이 찌푸려지는 기묘한 구슬.

카이는 이와 같은 물건을 몇 번 본 적이 있었다.

"어둠의 정수 조각…… 아니, 원본인가?"

"그래. 이건 조각 따위가 아니다. 어둠의 정수 그 자체. 뮬딘교가 자랑하던 어둠의 정수는 마침내 완성이 되어 사람에게도 사용할 수 있게 되었지."

"사람에게?"

"혹시 베이거스라는 이름을 들어본 적 있나."

"약탈자들의 왕."

"잘 아는군. 그 녀석도 우리 교단이 만들어낸 작품이지."

"……뭘 잘났다는 듯이 말하고 있어. 미안하지도 않아?"

카이가 싸늘한 눈빛으로 중얼거리자, 모라크가 광소를 터뜨렸다.

"미안? 크하하하! 대체 무슨 소리를 하는 거냐? 오히려 베이
거스는 우리에게 고마우면 고마웠을 것이다. 좀도둑질이나 하
던 녀석을 두려움의 대상으로 만들어줬으니까 말이지."

"그래서? 지금 이 상황에서 나에게 손을 잡자는 저의가 뭐냐"

"어둠의 정수는 항상 더욱 강력한 적합자를 원하지. 그리고
지금 이 자리에선……."

덜덜덜.

모라크가 어둠의 정수를 사랑스럽게 쳐다보며 말했다.

"바로 네놈이 가장 강력한 적합자다. 무려 태양교의 교황인
알버트보다도 어둠의 정수를 더욱 자연스럽게 흡수할 수 있다
는 뜻이겠지."

"……."

자신들의 군대를 멸망시키고, 사사건건 훼방을 놓은 것이
자신이건만 저 녀석은 아무런 거리낌도 없이 동맹을 제안하고
있었다.

'이게 뮬딘 교의 방식인가.'

더 강해질 수 있다면, 이길 수 있다면 수단과 방법을 가리지
않는 이기적이지만 효율적인 전략.

카이가 고개를 절레절레 흔들자 모라크가 재촉했다.

"자, 어쩔 생각인가. 우리와 손을 잡겠나? 아니라고 대답한
다면, 어둠의 정수는 예정대로 알버트 교황의 입속으로 들어

갈 것이다."

"……나는."

어떻게 대답을 해야 시간을 벌 수 있을까 고민이 되던 찰나, 카이의 눈앞으로 메시지가 떠올랐다.

띠링!

[헬릭이 무기를 든 채 이 상황을 관심있게 주시하고 있습니다. 만약 당신이 자신을 배신할 시, 헬릭은 주저 없이 신의 철퇴를 내릴 것입니다.]

"……."

신이라는 작자가 이렇게 속이 좁을 수가. 다른 사람도 아니고, 자신을 받드는 교단의 최고 우두머리를 구하기 위해 골머리를 끙끙 앓고 있건만!

얼이 빠진 카이가 고개를 절레절레 흔들자, 이를 거절로 받아들인 모라크는 친절한 미소를 거두었다.

"그렇다면 협상을 결렬이군."

"뭐? 아니 잠……!"

깜짝 놀란 카이가 그를 제지하려 했지만, 모라크의 움직임은 빨랐다. 반응을 할 틈도 없이 발생한 일이었다.

"커, 커억……!"

강제로 벌려진 턱으로 어둠의 정수를 삼키게 된 알버트 교황이 고통스러운 표정을 지었다.

"아…… 아윽…… 크아악!"

항상 그의 몸 주변을 감돌던 희미한 황금빛 신성력이 마치 수명이 다 된 전구처럼 깜빡였다.

차가운 시선으로 그를 내려다보던 모라크가 말을 이었다.

"어차피 지금 전력으로 네놈을 이기진 못하겠지. 오늘을 놓치면 이런 기회가 두 번 다시 올 수도 없으니…… 내가 죽는 한이 있어도 교황은 타락시켜야겠다. 이것으로 태양교는 정신없어지겠지."

모라크는 어쩔 거냐는 표정을 지으며 카이를 조롱했다. 그에게선 이미 자신의 임무는 완수했다는 뿌듯함과 안도감이 느껴졌다.

"……비켜."

콰드득! 서걱!

빠르게 눈앞의 성기사들을 처치한 카이는 서둘러 끙끙거리는 알버트 교황에게 다가갔다.

모라크는 카이가 달려오자 이미 잽싸게 암흑 성기사들의 뒤로 도망친 상황.

그들의 뒤에 숨은 모라크가 크게 웃으며 소리쳤다.

"크하하하하! 단언컨대 어둠의 정수는 뮬딘의 힘이 담긴, 세상에서 가장 완벽한 물건이다. 한 번 적합자의 몸에 들어간 순간, 그 누구도 이를 정화할 수는 없을 터."

털썩.

모라크의 조롱을 귓등으로 흘린 카이가 알버트 교황을 부축했다.

"교황님 괜찮으십니까?"

"끄윽⋯⋯ 제, 제발⋯⋯."

교황의 얼굴에는 푸른 핏줄이 거칠게 튀어나온 상태였다. 그는 카이를 쳐다보며 애원했다.

"날⋯⋯ 날 죽여주게. 헬릭 님에게 더 큰 무례를⋯⋯ 끼치기 전에⋯⋯!"

"죽이라니요. 지금 사제인 저보고, 교단의 교황을 죽이라는 겁니까?"

"크윽⋯⋯ 어, 어둠의 힘⋯⋯ 나는 막을 수가 없네! 더 늦어 버리면⋯⋯ 돌이킬 수가⋯⋯."

"알버트 교황님."

카이는 마치 유치원생을 혼내는 선생님처럼 조곤조곤 말을 이었다.

"사제는 아픈 사람을 치료하는 사람입니다. 저에게 맡기세요."

"이건⋯⋯ 이건 다르네! 내 몸이니 내가 가장 잘 알 수 있어! 이것은 일개 사제가 정화할 수 없는⋯⋯."

"예. 일개 사제라면 못 하겠지요."

무기를 내려놓은 카이의 두 손이 막대한 신성력을 뿜어내기 시작했다.

"저는 사제로 전직할 때 똑똑히 선언한 적 있습니다. 사제란 항상 청렴결백해야 하며, 당신의 가르침에 따라 약자를 위하고, 당신의 힘으로 악을 멸하며 약자들을 지켜내야 한다고."

"라피스…… 선서……?"

사제와 성기사로 전직할 시, 헬릭의 석상 앞에서 누구나 하는 선서.

오랜만에 듣는 그 문장에, 알버트 교황이 눈물을 흘렸다.

카이는 주름진 얼굴을 흘러내리는 그의 눈물을 닦아내며 그를 안심시켰다.

"그러니 안심하십시오."

카이의 두 손에서 뿜어져 나오던 막대한 신성력이 마침내 절정에 이르렀다.

"전 사제의 본분을 행하겠습니다. 아, 참고로……"

황금빛으로 물든 카이의 두 손이 알버트의 이마 위에 얹어졌다.

"저 일개 사제 아닙니다."

55장
전직, 태양의 사제!

화아아아악!

카이의 양손에 머물러있던 신성력은 천천히 알버트의 몸으로 옮겨져 갔다.

"햇살의 따스함."

차분하고 부드러우면서도 특유의 따뜻함이 느껴지는 카이의 목소리.

알버트 교황은 자신의 몸으로 물밀 듯 들어오는 신성력에 눈을 크게 떴다.

'이…… 이렇게 순도 높은 신성력이라니……?'

교황인 자신과 비견될 정도로 순수한 신성력. 게다가 신성력이 몸의 구석구석을 스치고 지나갈 때마다 헬릭의 자비가 느껴지는 듯했다.

하지만 가장 놀라운 점은.

'고통이…… 점점 사라져 간다.'

조금 전까지만 해도 영혼이 갈기갈기 찢기는 듯한 끔찍한 고통이 느껴졌다.

하지만 신성력이 스쳐 지나가면 어김없이 고통이 사라지고, 포근한 기분만이 자리했다.

마치 몸 안에 퍼져 있는 바이러스를 백혈구가 사냥하는 듯한 느낌.

카이가 알버트를 치료하는 장면을 쳐다보던 모라크는 저도 모르게 웃음을 터뜨렸다.

"크큭. 어리석은 녀석. 네깟 놈이 정화할 수 있는 수준이었다면, 알버트 교황이 진즉에 스스로 정화를 했을 것이다. 어둠의 정수는 천 년 역사의 뮬딘 교가 자랑하는 신의 힘 그 자체……"

하지만 알버트 교황의 안색이 점점 편안해지자, 모라크의 눈동자가 데굴데굴 굴러갔다.

'……이상하군. 왜 아까처럼 비명을 지르지 않지? 저렇게 편안한 표정을 내보일 수 없을 텐데?'

알버트의 피부 위로 툭툭 불거져 있던 핏줄은 아기의 그것처럼 잠잠해진 지 오래!

심지어 피부마저 살짝 뽀송뽀송해진 기분이 들 정도였다.

"……그럴 리가 없다. 저걸 정화할 수 있을 리는 없지."

그러나 일말의 불안감을 느낀 모라크는 조급한 목소리로 소리쳤다.

"하지만 굳이 기회를 줄 필요는 없겠지. 지금 놈은 무방비 상태다! 공격해!"

그 명령에 수십의 암흑 성기사들이 검을 뽑으며 카이에게 달려들었다.

"크르륵!"

"뀨오오오!"

물론 그 모습을 지켜볼 블리자드와 미믹이 아니었다. 미믹은 그 거대한 몸을 눕혀 카이와 알버트를 보호하는 벽을 만들었고, 블리자드는 두 자루의 곡도를 길게 늘어뜨리며 그 앞을 막아섰다.

"블랙 리자드맨……. 그래, 기억에 있는 놈이군."

모라크는 한 때 실험 대상이었던 블리자드를 쳐다보며 경멸의 눈빛을 드러냈다.

"고작 실험이나 당하던 쓰레기 따위가…… 감히 교단의 성기사들을 막아선다는 건가?"

분노한 모라크가 날카로운 음성을 뱉어냈다.

"죽여라! 그리고 알버트 교황의 신병을 확보해!"

블리자드의 현재 레벨은 230. 유저들과 비교했을 때도 절대 낮은 레벨은 아니었지만, 수십의 성기사들을 상대하기에는 터

무늬없이 부족한 레벨이었다.

하지만 녀석은 리자드맨 일족의 차기 우두머리가 될 자질이 있었던 녀석. 자신을 둘러싼 물딘 교 성기사들을 상대로도, 블리자드는 허리와 목, 어깨를 빳빳하게 세웠다.

"크르륵."

올 테면 와봐라.

블리자드의 이글거리는 눈동자가 그렇게 외치는 듯했다.

물론 그 오만한 눈빛을 마주보는 암흑 성기사들의 기분은 결코 좋지 못했다.

"이런 건방진⋯⋯."

"실험체 주제에 감히!"

"말도 못 하는 미물 따위가!"

빛살처럼 튀어나온 다섯의 암흑 성기사가 검을 내질렀다.

각각 블리자드의 몸을 가로와 세로로 일도양단할 수 있는 강력한 공격.

블리자드가 쥐고 있는 두 자루의 곡도는 마치 미끄럼틀처럼 그 공격들을 흘려보냈다.

그 행동이 의미하는 바는 단 하나였다.

'정면으로 맞서면 우리의 상대가 되지 못한다는 사실을 알고 있다.'

'선천적으로 타고난 싸움꾼인 리자드맨이⋯⋯.'

'정면승부를 피하고, 방어적으로 대처한다고?'

블리자드는 리자드맨 일족의 전사장을 맡고 있던 존재. 그 자존심이 높기로는 둘째가라면 서러운 녀석이었다.

하지만 지금 녀석은 자신의 자존심을 내려놓고, 카이를 지키기 위하는 것에만 모든 초점을 맞추고 있었다.

그 사실을 깨달은 암흑 성기사들이 서로 눈웃음을 주고받았다.

'블랙 리자드맨이 이렇게 싸운다는 것이 의외지만…….'

'소극적으로 나와준다면 오히려 선택지가 많아지지.'

'오래 버티지는 못할 거다.'

까앙! 까앙!

암흑 성기사 다섯 명은 마치 오각형을 이루듯 블리자드를 에워싸고 사방에서 공격을 날렸다.

블리자드가 선택할 수 있는 건 오직 두 자루의 곡도. 그리고 그것으로도 못 막은 공격은 몸으로 버티는 것.

"크르륵……!"

블리자드는 아오사와의 일전에서 큰 깨달음을 얻었다. 그것은 주인이 앞으로 설 전장에서, 자신이 큰 힘을 발휘하지 못할 것이라는 사실이었다.

그래서 블리자드는 생각했다.

스르르룽!

곡도의 휘어진 검날 부분으로 상대방의 공격을 흘리고.

휘이이익!

자신의 기민한 몸놀림으로 적의 공격을 회피하고.

"크륵."

콰드드득!

"크아아악!"

상대방이 조금이라도 작은 빈틈을 내보이면, 그 부분을 집요하게 물어뜯자고. 그것이 자신의 주인에게 도움이 될 수 있는 유일한 방법이라고.

콰드득, 콰득!

"커, 커어억……."

블리자드의 두 자루 곡도는 암흑 성기사 하나의 목덜미를 완벽하게 파고들었다.

가위질을 하는 것처럼, 내부에서 만난 두 자루의 곡도.

블리자드가 호전적인 전투 패턴을 버리고, 방어라는 개념을 깨달으며 손에 넣은 전투법.

카운터(Counter)였다.

알버트 교황의 안색은 더할 나위 없이 좋아 보였다.

최고급 안마사의 안마를 받은 뒤, 온천에 들어갔다 나온다면 이런 표정일까.

"······고맙네. 정말 고마워."

주름이 자글자글한 두 손이 카이의 오른손을 덮었다.

"아니요. 당연히 해야 할 일을 했을 뿐이니······ 그, 울지 마시지요."

당황한 카이는 눈물을 흘리는 알버트를 상대로 이러지도, 저러지도 못했다.

"······크으음. 그래. 내가 젊은이를 상대로 너무 추태를 부렸군."

눈을 질끈 감으며 마지막 눈물을 흘려보낸 알버트는 단단한 눈빛을 드러내며 카이를 마주 보았다.

"나의 이름은 알버트. 태양교의 32대 교황이라는 과분한 직책을 맡고 있는 늙은이일세. 실례가 안 된다면 은인의 이름을 들어볼 수 있겠는가?"

"제 이름은 카이입니다."

"그렇군. 카이. 정말 고맙네만 이야기는 나중에 하세. 지금은 뮬딘 교의 잔당을 몰아내는 것이 더 시급해."

"걱정하지 마십시오. 금방 해치우고 오겠습니다."

카이가 자리에서 벌떡 일어나자, 알버트 교황이 그를 멈춰 세웠다.

"잠깐! 자네에게 축복을 걸어주겠네."

이윽고 알버트 교황의 버프가 카이의 몸을 휘감았다.

[모든 스탯이 50 상승합니다.]
[모든 속도가 30% 빨라집니다.]
[받는 피해가 30% 줄어듭니다.]

"……."

태양의 사제에 버금가는, 교황 표 버프!

게다가 그가 걸어준 스킬은 모두 사제의 기본 스킬이었다.

'그런데도 효과가 이 정도라니……'

카이가 혀를 내두르려는 찰나, 교황이 그에게 마지막 버프를 시전했다.

"어둠을 꿰뚫을 한 줄기 광명을 내려주시옵소서…… 홀리 인챈트."

[악마/언데드/타락한 이들을 상대로 모든 공력력이 250% 상승합니다.]

"축복을 걸어주었으니 전투에 큰 도움이 될 걸세."

"이 정도 축복이라면……."

큰 도움 정도가 아니다.

이미 전투는 끝난 것이나 마찬가지!

"미믹, 이제 괜찮아. 몸을 일으켜."

뀨우우웅!

카이가 비늘을 툭툭치며 말하자, 미믹이 기지개를 켜듯 시원한 소리를 내며 몸을 세웠다.

시야를 가리고 있던 미믹이 사라지자 그 너머로 수십의 암흑 성기사와 사제들이 보였다.

그리고…….

"응?"

카이는 아오사 일전 때와 마찬가지로, 블리자드가 압도적으로 밀릴 것으로 생각하고 있었다.

하지만 현실은 그의 생각과 조금 달랐다.

"하나, 둘, 셋……."

바닥에 흩어져 있는 폴리곤 덩어리들을 쳐다보던 카이가 견적을 뽑으며 중얼거렸다.

"최소 다섯은 되어 보이는데…… 이걸 블리자드가?"

물론 전신에서 피를 철철 흘리는 블리자드의 상태도 정상으로 보이지는 않았다.

하지만 그걸 감안해도 혼자서 수십여 명의 적들과 싸우면서 다섯 명을 해치운다?

카이처럼 비정상적인 스탯을 가지고 있지 않은 이상 불가능한 일이다.

'암흑 성기사들의 레벨도 최소 250이야. 한 명 한 명이 모두 블리자드보다 강해. 그런데……'

카이는 입을 꾹 다물고 블리자드의 전투를 지켜보았다.

적들의 공격을 모두 회피하고, 곡검을 이용해 교묘하게 흘리는 신기(神技)!

게다가 계속해서 공격이 실패하여 마음이 조급해진 적들이 틈을 보이는 순간.

콰드드득!

블리자드는 그 상대를 확실하게 끝장내 버렸다.

그 과정에서 자신의 몸에 몇 개의 검이 박히든, 그는 크게 신경을 쓰지 않았다. 오히려 그런 독종 같은 면모는 암흑 성기사들을 하여금 침만 꿀꺽 삼키게 만들었다.

"블리자드."

카이가 그를 부르자, 블리자드가 힐긋 뒤를 돌아봤다.

그리고 카이를 확인하는 순간 축 늘어지는 녀석의 어깨. 동시에 블리자드의 온몸은 마치 몸살에 걸린 것처럼 부르르 떨리기 시작했다.

'현재 블리자드의 능력으로는 이러한 움직임들이 무리야.'

한 마디로 블리자드는 자신의 한계를 넘어선 전투를 보여줬다는 뜻. 카이는 크나큰 고마움을 담은 주먹을 녀석의 가슴에 가져다 댔다.

"수고했어. 뒤는 나에게 맡겨."

"크륵."

블리자드는 멋드러진 웃음을 씨익 지어 보이며 화답했다.

"마, 말도 안 되는……."

모라크는 자신의 눈앞에 펼쳐진 참상에 멍하니 고개만 흔들었다.

"비록 이단심판관이 없다고는 하나…… 본교의 암흑 성기사와 암흑 사제만 쉰 명이었다. 그런데 어찌……."

그것이 한 명에게 모조리 박살 난단 말인가.

그것도 상대는 이 세계의 주민도 아니었다.

'바체나 코로나, 파사낙스 같은 괴물들이라면 애초에 싸움을 피했을 것이다. 하지만 상대는…….'

모험가. 불과 2년 전만 해도 슬라임과 토끼를 잡으며 성장하던 모험가였다.

"어찌 이리 불공평한 일이……!"

"세상은 원래 불공평해. 그중에서도 난 조금 더."

쥐고 있던 성기사의 멱살을 놓은 카이는 땅으로 떨어지는 녀석의 목울대를 발로 강하게 짓밟았다.

콰드드득!

동시에 폴리곤으로 변하는 녀석, 그것이 마지막이었다.

쉰 명의 암흑 성기사와 암흑 사제가 카이의 손에 박살 나는데 걸린 시간은 불과 32분.

전장을 마무리한 카이는 모라크에게 천천히 다가갔다.

"그쪽은 나랑 함께 가줘야겠어."

"내가 그리 호락호락하게 당할 것 같……."

"어."

우드드득!

카이의 검 손잡이가 모라크의 옆구리를 강타했다.

뼈가 부러지는 소리와 함께 모라크가 입에서 바람 빠지는 소리를 뱉어냈다.

"허으으……."

카이는 제 옆구리를 부둥켜안으며 자리에 주저앉은 모라크를 바라보다가, 슬쩍 옆을 바라보았다.

"이제 여기서 어떻게 해야 합니까? 말썽부리지 못하게 푹 재우고 싶은데. 방법 좀 가르쳐 주시죠."

-음.

여태 지루한 듯 뒷짐을 지고 서 있던 체란티아가 한 발자국 앞으로 나가더니, 주저앉은 모라크의 뒤편에 섰다.

이어서 두 손을 깍지 낀 그는, 모라크의 뒤통수를 시원하게 휘둘렀다.

-이렇게. 두 손으로 이곳의 수면혈을 강하게 타격하면 깔끔하게 재울 수 있다.

"······그건 그냥 때려서 기절시키는 거 아니에요?"

-어허. 재우는 것이 맞대도. 동쪽의 대륙에서 온 무사에게 배운 것이니 확실하네.

완강한 체란티아를 보며 고개를 절레절레 흔든 카이는 그의 말대로 모라크를 재웠다.

"······이거 정말 자는 것 맞죠?"

-물론이지. 턱을 가격해서 재우는 방법도 있지만 그건 자칫하면 죽을 수도 있으니 이 방법을 더 추천하네.

"그렇군요. 하나 또 배워갑니다."

이번에도 유용한 기술을 배운 카이는 곧장 알버트 교황에게 다가갔다.

그는 한때 자신의 친우였던 버나드를 안쓰러운 표정으로 내려다보고 있었다.

"대체 왜 그랬나. 우리가 무엇이 부족해서······."

"교황님······ 아니, 알버트. 옛정을 생각해서라도 한 번만 용서해 주게······. 내가 잠시 미쳤나 보이······."

눈물과 콧물을 질질 흘리는 친우의 모습에 알버트의 마음이 약해지려는 찰나.

빠악!

카이의 깍지 낀 손이 버나드의 뒤통수를 후려갈겼다.

"……."

알버트는 게거품을 물면서 쓰러지는 버나드를 바라보며 멍한 표정을 지었다.

이에 카이는 씨익 웃으며 자신만만한 표정을 드러냈다.

"우선 수면혈을 가격해서 재워뒀습니다. 이번 사건에 대한 자세한 내용은 나중에 심문하지요."

"아니, 이건 그냥 때려서 기절시킨 것 아닌가……?"

"……."

잠시 오른쪽을 쳐다보던 카이는 어깨를 으쓱거리며 대꾸했다.

"아니라고 합니다."

어떠한 일이 끝날 때, 사람은 다양한 감정을 느끼게 된다.

후회, 성취감, 허망함, 혹은 분노.

카이는 알버트 교황의 얼굴 위에서 다양한 감정의 편린을 엿볼 수 있었다.

"교황님. 이제 돌아가시지요."

"……알겠네."

카이의 부축을 받아 자리에서 일어난 알버트 교황의 얼굴에는 수심이 깊어 보였다.

"지금 자네는 어떠한 기분이 드는지 물어도 되겠나?"

"그냥 속이 시원합니다만."

시원할 수밖에 없다. 안 그래도 자신을 죽이지 못해 안달이 난 뮬딘 교의 전력을 또 깎아 먹었고, 뮬딘 교단 내에서도 제법 위치가 있어 보이는 모라크도 생포했으니까.

"그렇군. 나는 지금…… 굉장히 부끄럽고, 화가 나며, 또 스스로의 무능이 한심스럽네."

씁쓸한 표정으로 말을 내뱉은 알버트 교황이 자글자글한 주름이 가득한 두 손으로 제 얼굴을 쓰다듬었다.

"자네는 이제 어찌할 생각인가?"

"교단으로 돌아가야지요. 두 명의 추기경과 결탁한 부패한 모든 이들을 끌어내고 모라크에게 뮬딘 교에 대한 정보를 캐 내야 합니다."

"지극히 옳은 말일세. 옳은 말이지만……."

알버트 교황이 힘없이 고개를 흔들었다.

"세상은 옳고 정의로운 생각만으로 돌아가는 게 아닐세. 실제로 두 추기경과 결탁한 인물들이 누군지 선별해낼 능력이 내게는 없네. 또한…… 알아낸다고 해도 그들을 처벌할 힘도 없지."

"……하지만 교황님이시잖아요?"

"허울뿐인 교황이지. 나의 우유부단함이 만들어낸 결과이기도 하네. 선대의 교황분들께서는 강력한 카리스마나 모두가 존경하며 따를 만한 자애로움을 갖추셨지만…… 솔직히 말해서 나는 평범한 신도였을 뿐이네. 그저 다른 사람에게 공감을 해주고, 말을 잘 들어주는 것이 특기인 사람이었을 뿐이지. 그저 내가 올바르면, 내가 친절히 대하면 다른 사람들도 나의 진심을 알아줄 것이라 믿었네. 하지만…… 현실은 그렇지 않더군."

알버트의 말은 카이에게도 제법 공감이 되는 부분이 있었다.

'내가 잘하면 남들이 알아준다라……. 세상은 절대 그렇지 않지.'

물론 그러한 마음을 알아주는 이들도 있을 것이다.

하지만 대다수의 세상 사람들은 그렇지가 않다.

'한 번 만만한 모습을 보이면 끝이지.'

그것은 카이가 22년이라는 짧은 인생을 살면서 터득한 경험이었다. 이 세상은 절대 착한 사람이 살기 좋은 세상이 아니었다.

결국 카이는 타협을 했다. 도와줄 가치가 있는 사람만, 자신의 마음이 끌리는 사람만 도와주기로.

잠시 고민하던 카이가 천천히 입을 열었다.

"교황님. 사람은 쉽게 변하지 않아요. 당장 교황님만 하더라도 자신이 그들에게 맞출 생각을 하지 않으셨잖아요. 자신이 친절히 대하면 남들도 그 마음을 알아줄 거라 믿고 그 신념을 꿋꿋하게 관철하셨죠?"

"그건 그러네만……."

"교황님은 착하신 분이예요. 마음씨도 따뜻하고요. 하지만 이걸 조금 나쁘게 말하면 너무 무르세요. 곪은 부분을 잘라내지 못해서, 결국 팔 전체를 잘라야 할 지경까지 왔죠."

"……부끄럽군. 할 말이 없네. 사실 이번 일을 겪으면서 지난 세월에 대한 회의감이 크게 들더군. 교황이 된 지 12년. 사제가 된 지는 벌써 40여 년……. 난 그 세월 동안 대체 무엇을 좇았던 걸까 하는 생각이 강하게 들었네."

"교황님은 나쁘지 않아요. 그리고 그 뜻을 계속 관철시킬 방법도 있습니다."

교단 내의 지지 세력이 약하다. 그것이 현재 알버트 교황이 지니고 있는 유일한 문제점이었다.

'하지만 내가 힘을 실어준다면…… 이야기는 달라지겠지.'

만난 건 잠깐이지만 카이는 숱한 경험으로 알 수 있었다. 알버트라는 사람이 청렴결백하며, 순수한 영혼의 소유자라는 것을.

어느새 걸음을 우뚝 멈춘 알버트 교황은 우묵하고 깊은 눈으로 카이를 쳐다보았다.

"그런 방법이 정말 있단 말인가? 사제의 본분. 부패를 척결하고 약한 자를 위하며 사랑을 베푸는 삶을 아무런 문제없이 관철시키는 방법이…… 정말 있다는 말인가?"

"물론입니다."

카이는 힘차게 고개를 끄덕였다.

"제가 도와드리겠습니다."

"······."

그 대답에 알버트 교황은 귀여운 손자를 보듯 카이를 쳐다보며 자애로운 미소를 지었다.

"······마음은 고맙게 받겠네. 확실히 자네는 강한 사람이야. 나의 두 눈으로 똑똑히 지켜봤으니 말이지. 하지만 이후에 펼쳐질 싸움은 한 사람의 무력으로 해결할 수 있는 일이 아닐세. 명분과 세력이 더 중요한 싸움이 될 것이야. 현재의 교단은······ 이런 말을 하기 부끄럽지만 부패한 귀족들의 정치판이나 다름이 없네."

"명분과 세력이라, 확실히 강력한 명분이 있다면 세력을 모으기도 쉽고, 신도들의 지지도 크게 받을 수 있겠지요."

"맞네. 무력이 개입할 여지는······ 크지 않지."

"그럼 현재 교단 내부에서 교황님을 적대하는 이들이 내세우는 명분은 뭡니까?"

"주축이었던 버나드, 몰디온 추기경은 교황의 능력 부재로 인한 교단의 몰락을 주장했지."

"능력의 부재라고요? 그렇게 보이시진 않는데요."

"이런 말을 하기엔 부끄럽지만, 내가 교단의 지휘봉을 잡고 있을 때의 교단은 그리 부유하지 못했네."

"왜요?"

"가난하고 배를 굶는 사람들, 안타까운 상황에 놓인 이들에게 아낌없이 베풀었기 때문이지."

"그건 잘못한 게 아니잖아요? 자비로움과 선을 관장하는 태양신의 신도라면 당연히 해야 할 일인데……."

"하지만 현재 교단의 고위직들은 마음에는 들지 않아 했지."

"……한 마디로 굴릴 수 있는 돈이 적은 게 마음에 안 든다. 이거군요."

"허허……."

알버트 교황은 힘없는 웃음으로 말끝을 흐렸다.

'흐음. 명분이라…….'

교황의 처량한 모습을 가만히 지켜보던 카이가 빙그레 웃으며 말했다.

"교황님. 혹시 시미즈와 체란티아, 패트릭. 이 세 사람의 공통점이 뭔지 아십니까?"

카이의 갑작스러운 질문에 알버트 교황의 몸이 한순간 굳었다.

눈을 가늘게 뜬 그는 가만히 카이를 쳐다보았다.

"……무슨 말을 하고 싶은 겐가?"

"교황님이 워낙 정신이 없으셔서 알아차리지 못하셨나 봅니다."

교황의 어깨를 놓고, 뒤로 한 발자국을 물러선 카이가 양 팔을 옆으로 쭉 뻗었다.

"제 옷을 보고 뭔가 느껴지시는 게 없으신가요?"

"……자네가 입고 있는 사제복 말인가?"

카이의 뜬금없는 질문에 고개를 갸웃거린 알버트 교황이 이를 자세히 살폈다.

"여태 본 적 없는 부드러운 원단으로 만들어진 듯하군. 그리고 곳곳에 황금빛으로 각인된 문양은 고급스럽고…… 가슴팍에 새겨진 태양은 금방이라도 타오를 것처럼……?"

하나씩, 하나씩.

카이가 입고 있는 사제복의 특징을 나열하던 알버트 교황의 눈이 휘둥그레졌다.

"서, 설마 그 옷은?"

경악한 알버트 교황의 표정을 마주한 카이는, 짓궂은 표정을 지으며 다시 한번 인사했다.

"소개가 늦었네요. 4대째 태양의 사제이자 헬릭의 대리인, 카이라고 합니다."

다행히 마차는 협곡의 입구에 세워져 있었기에, 돌아가는 길이 막막하지는 않았다. 마부 역할을 하던 성기사는 전투 중에 사망했기에 알버트 교황이 직접 마부석에 앉았다.

모라크와 버나드는 마차에 짐짝처럼 실어놓은 상태.

알버트 교황이 이끄는 마차는 그 성벽의 입구를 지나쳤다.

"소란스럽네요."

"그렇지 않겠는가. 교황이 직접 마차를 몰고 있다는 것도 놀랍겠지만……"

"멀쩡하게 살아 돌아올 줄은 몰랐겠지요."

다시금 출발한 마차는 그대로 본단을 향했다. 연락을 받고 나온 입구에 나와 있던 고위 사제들이 당황한 표정으로 두 사람을 맞이했다.

"교, 교황 성하. 어, 어찌된 일이십니까? 같이…… 같이 나간 자들은 모두 어쩌고……"

"옆의 청년은 또 누구인지……?"

"피곤하니 나중에 얘기하세. 마차 안에 실려있는 두 사람은 재갈을 물린 채 신성 감옥에 수감해놓게."

알버트 교황은 짤막하게 대꾸하고는 카이를 데리고 본단 내부로 들어섰다. 그들에게 꽂히는 수십 쌍의 시선.

알버트 교황은 담담한 표정으로 그 시선을 받아들였다.

'역시 교황. 스스로를 우유부단하다 칭하지만, 이런 정치판

에서 10년이 넘게 구른 인물다워.'

끝도 없이 쏟아지는 탐색과 경계의 시선 속에서 저렇게 멀쩡한 표정을 지을 수 있다니.

카이는 고개를 끄덕이며 그의 대범함을 모방했다.

"카이. 우리는 곧장 예배실로 갈 걸세."

"예? 하지만 예배실이라면 이미 지나친 것이……."

카이가 뒤쪽의 예배실을 돌아보며 중얼거리자, 알버트 교황이 고개를 흔들었다.

"지금 우리가 향하는 곳은 조금 더 특별한 예배실일세. 아마 자네는 그곳에서 원하던 바를 이룰 수 있겠지."

"제가 원하던 것이라면……."

카이의 눈빛이 차분하게 가라앉았다.

현재 그가 태양교 본단에서 원하는 것이라고는 한 가지 밖에 없었으니까.

'반쪽짜리 직업의 완전한 각성.'

한 마디로 지금 향하는 곳에서 태양의 사제의 완전한 힘을 얻을 수 있다는 이야기였다.

'드디어…….'

반쪽짜리 직업에도 큰 불만은 없었다. 태양의 사제는 선행 스탯의 존재만으로도 스킬의 상성이나 위력을 가볍게 씹어먹었으니까.

'그래도 반쪽짜리라고 하면 아무래도……'

조금은 찜찜한 것이 사실이다.

물론 그 기분도 오늘로 끝이 날 터.

카이가 마음의 준비를 하며 걸어가고 있자니, 맞은편 복도에서 일련의 무리가 황급히 그들을 향해 다가왔다.

카이는 알버트 교황에게만 들릴 정도로 조용히 물었다.

"교황님. 저들은?"

"버나드와 몰디온을 지지하던 자들. 한마디로 나와 반대되는 자들이지."

그 말이 끝남과 동시에 가까이 다가온 고위 사제들은 입고 있는 옷의 형태부터가 달랐다.

'누가 보면 사제가 아니라 국왕인 줄 알겠네.'

가끔 그런 사람들이 있다.

몸에 문신을 과도하게 그려 넣거나, 본인이 소유한 차에 덕지덕지 스티커를 붙이는 자들. 한, 두 개라면 누가 봐도 멋있지만, 십여 개가 넘어가면 그때부턴 눈살이 절로 찌푸려진다.

눈앞의 고위 사제들이 보이는 행태가 딱 그러했다. 하얀색 사제복 위에 걸쳐놓은 휘황찬란한 색상의 스카프나 천들부터, 번쩍번쩍 빛이 나는 보석들을 손과 목걸이에 주렁주렁 달고 있다.

"……교황 성하가 능력 부재라는 걸 믿지 않았는데, 저걸 보니 조금 수긍이 갈 것 같기도 하네요."

"하하…… 자네에게는 면목이 없네."

부끄러운 표정으로 중얼거린 알버트 교황에게 다가온 고위 사제들이 입을 열었다.

"교황 성하. 대체 어떤 일이 있었던 것이옵니까? 교단의 성기사들과 추기경분들께서는……?"

"후우. 피곤하니 나중에 얘기하지."

"죄송하지만 그럴 수는 없습니다. 추기경과 성기사들이 함께 돌아오지 않은 이유가 무엇인지, 저희는 지금 당장 들어야겠습니다."

교황의 명령 따위는 귓등으로 안 듣는 모양.

카이의 앞에서 이런 대우를 받자, 알버트 교황도 부끄러움에 귀가 빨개질 정도였다.

"피곤하다고 이야기했네. 자세한 내용은 내일 아침, 고위 사제와 주교들을 한 자리에 모아놓고 하겠네."

"……."

짐짓 화난 것 같은 교황의 음색에 고위 사제와 주교들이 서로의 얼굴을 쳐다봤다.

그들이 택한 것은 일보 후퇴.

하지만 용무는 그것이 끝이 아니었다.

"알겠습니다. 그럼 오늘은 편히 쉬시지요. 그런데…… 교황

성하의 침소는 이 방향이 아니지 않습니까?"

"이 청년과 함께 신상을 방문할 생각이네."

"이 상황에서도 헬릭을 찾으시는 성하의 믿음은 역시 존경스럽군요. 하지만 이 청년의 경우에는 신상을 쳐다볼 자격이 없을텐데요?"

"신상을 쳐다볼 자격이라……. 이참에 묻지. 그 자격이란 건 대체 누가 정했나."

"그야 수많은 주교들과 고위 사제들……."

"그래. 딱 잘라 말하면 자네들이 정한 법칙이지."

"……그렇게 말씀하시면 저희도 할 말이 없습니다."

"암. 없어야지. 그게 정상 아닌가?"

태양의 사제라는 든든한 배경을 얻은 알버트 교황은 거침이 없었다. 처음 보는 교황의 당당함에 주교와 고위 사제들은 당황을 금하지 못했다.

"교, 교황 성하. 대체 무슨 일이 있으셨길래."

"말했네. 내일 아침 설명을 해주겠노라고. 그럼 이제 좀 비켜주겠나?"

세월이 담겨있는 중후한 목소리로 그들을 물린 교황은 카이를 이끌었다.

"교황님. 멋있으셨습니다."

"자네가 없었다면 이렇게 큰소리도 치지 못했을 걸세."

"앞으로도 그렇게 당당하게 행동하십시오. 보기 좋습니다."

"허허. 그렇게 말해주다니 고맙군."

이윽고 두 사람은 본단 내부의 정원에 도착했다.

이름은 모르겠지만 아름다운 꽃과 식물들이 만연해 있고, 그 중앙에 위엄 넘치는 태양신 헬릭의 신상이 세워져 있는 정원.

"본단 내부에 이런 정원이 있었군요. 몰랐습니다."

"이 신상은 헬릭 님의 계시를 받은 조각사가 만들었다고 칭해지고 있네. 덕분에 이 신상 앞에서 기도를 올리면 태양신의 말씀을 들을 수 있다고 전해지지."

"역대 사도들도 모두 이곳에서 기도를 드렸겠군요."

"맞네. 기록에 따르면 그분들의 믿음이 모두 깊었기에, 최소 한나절은 기도에 몰두하셨다고 전해지고 있지."

"하루나……."

물론 카이는 그렇게 오래 기도를 할 생각이 없었다.

"그럼 자리를 비켜주겠네. 부디 자네가 원하는 것을 얻을 수 있기를 기도하지."

"예. 기도가 끝나면 찾아뵙겠습니다."

정원이 문이 닫히고, 신상을 눈앞에 둔 카이는 천천히 한쪽 무릎을 꿇었다.

"어디보자……. 기도문이 뭐였더라?"

전직 때 외웠던 기도문은 이미 까먹은 지 오래. 결국 커뮤니티까지 뒤진 카이의 입에서 천천히 기도문이 흘러나왔다.

띠링!

[태양신 헬릭이 당신과 대화를 하고 싶어 합니다.]
[천상의 정원을 방문할 수 있습니다. 수락하겠습니까?]

"대화라……. 아무래도 전직만 잽싸게 마쳐줄 생각은 없나
보네."

예상치 못한 메시지였지만, 카이는 당황하지 않고 고개를
끄덕였다.

"예."

대답을 마친 카이가 눈을 깜빡인 순간, 처음 태양의 사제로
전직할 때 방문했던 천상의 정원이 다시 한번 그 모습을 드러
냈다.

천공의 섬에 위치한 아늑한 섬. 천사들이 조각되어 있는 분
수대가 무지개를 뿜어내는 불가사의한 장소였다.

그리고 카이는 태양의 사제로 전직할 때 이곳을 한 번 방문
한 적이 있었다.

"천상의 정원. 진짜 오랜만이네."

말 그대로 하늘 위의 정원이라는 말이 어울릴 정도로, 섬의

끝자락에 서서 아래를 내려다보면 짙은 구름이 깔려 있는 것이 눈에 들어왔다.

'자…… 그래서 헬릭은?'

카이는 고개를 돌리며 그의 행방부터 찾았다.

자신과의 대화를 원했으니 당연히 모습을 드러낼 터.

새로운 스페셜 칭호를 얻을 기회였다.

하지만……

-왔구나. 나의 어린 양이여.

목소리는 멀리서 들렸다, 아주 멀리서.

소리가 들린 방향으로 고개를 돌리자, 그곳에는 중년 사내의 석상이 세워져 있었다. 로브를 입고 머리 위에는 태양 써클릿을 쓰고 있는 모습. 누가 봐도 신이라고 생각할 정도로 위엄이 넘치는 외견이었다.

카이는 신상을 보는 순간 생각했다.

'저 신상…… 탐난다……'

전직할 때 봤던 석상보다도 훨씬 고급스러워 보이는 신상!

그때 석상의 등급이 레전더리였으니, 천상의 정원에 있는 저 신상이라면?

'저것도 레전더리려나? 아니. 어쩌면 성물들과 마찬가지로 이터널 레전더리일 수도 있어.'

하지만 신상의 값어치가 탐나는 것은 아니었다. 마치 갤러리에 전시된 명화를 보고 그 그림을 구매하고 싶은 마음과 흡사했다.

'아니. 지금 이런 생각을 할 때가 아니지.'

정신을 차린 카이가 신상을 향해 물었다,

"당신이 헬릭이십니까?"

-음. 본인이 바로 헬릭이니라.

카이는 두 다리를 천천히 움직여 신상으로 다가갔다.

하지만 가까워질수록 머릿속에서는 의구심이 피어올랐다.

'그런데 직접 대화를 하자고 불러놓고…… 왜 본 모습은 보여주지 않는 거지?'

신상 앞에는 탁자와 의자가 하나씩 놓여 있었다.

그것을 물끄러미 쳐다보던 카이는 3미터 크기의 신상을 올려다봤다.

-그곳에 앉거라. 나의 어린 양이여.

"예."

얌전히 자리에 앉은 카이는 이어질 헬릭의 말을 기다렸다.

-내가 그대를 부른 이유는 누구보다 잘 알고 있겠지.

"저를 진정한 사도로 임명하기 위함이겠지요."

-맞아……. 아니, 맞다. 현재 반쪽에 불과한 그대의 힘으로는 이 세상을 구할 수가 없기 때문이지.

"제가 지닌 힘으로도 말입니까?"

-그게 무슨 건방진 소리⋯⋯. 크흠, 물론이다. 그대는 지난 몇 달간 폭풍적인 성장을 이뤄냈지만, 왕국의 정예 기사 한 명과 좋은 승부를 펼칠 정도에 불과하지.

"아⋯⋯ 그렇군요."

스스로를 제법 강하다고 믿고 있던 카이에게는 꽤나 통렬한 일침이었다.

-뮬딘 교도 현재는 완벽히 부활한 것이 아니다. 때문에 정예 병력을 꺼내지 못하고 있는 것이지. 이번에는 그들도 조심스러워. 정말이지⋯⋯ 너무나 조심스럽다.

"그건 저도 이번 사건을 통해 확실히 느꼈습니다."

뮬딘 교는 아인종들뿐만 아니라 태양교의 본단까지 내부에서부터 무너뜨리려 했다.

그것이 의미하는 바는 명확했다.

"어쩌면 다른 왕국, 혹시 제국의 중추에도 손이 닿아 있을 수 있습니다."

-그대의 의견은 타당하다. 만약 그대가 진정 사도의 길을 걷겠다면, 뮬딘 교의 손이 닿아 있는 모든 세력을 정화해야겠지.

"먼지 하나 남기지 않겠습니다."

카이는 최선을 다하겠다, 모든 노력을 쏟아보겠다 같은 말을 꺼내지 않았다.

'나의 자신감을 보여서 헬릭의 마음을 사로잡아야 해.'

어느 누가 시작하기도 전에 주눅이 든 사람을 채용하고 싶겠는가.

카이는 현재 면접을 보는 취업 준비생, 헬릭은 면접관이나 다름이 없었다. 지금은 면접관이 자신을 마음에 들게끔 확신을 줘야 할 때.

헬릭은 흡족한 목소리로 말을 이었다.

-포부는 마음에 드는구나. 앞으로 그대가 걸어가야 할 길은 외롭고 고독하며, 때때로 포기하고 싶어질 만큼 힘들 수도 있다. 그럼에도 불구하고 사도의 역할을 짊어진 채 묵묵히 그 길을 걸어나갈 자신이 있는가?

'시험이다.'

듣는 즉시 헬릭의 의도를 깨달은 카이는 곧장 자리에서 일어나 바닥에 한쪽 무릎을 꿇었다.

그의 입에서 유려한 문장이 흘러가는 바람처럼 자연스레 흘러나왔다.

"이미 사제로 전직을 할 때 맹세했습니다. 악(惡)에 고통받는 이들을 구하고, 악(惡)을 행하는 자들을 벌하고, 당신의 가르침을 이 땅에 널리 퍼뜨려 악(惡)을 근절할 것이라고."

-오, 훌륭해……. 아니, 몹시 훌륭하다.

감동이라도 받았는지, 헬릭의 목소리가 잘게 떨렸다.

동시에 굳게 닫혀있던 카이의 눈꺼풀이 살짝 올라갔다.

'그런데…… 신이라는 존재가 생각보다 말투에 위엄이 없다? 개발자들은 대체 뭘 어떻게 설정해놓은 거야?'

카이는 슬쩍 고개를 들어 헬릭의 신상을 쳐다보았다.

누가 봐도 남자다운, 태양과 자비를 관장하는 신 중의 신 헬릭. 그런 이의 말투가 때때로 방정맞게 들릴 정도이니 영 적응이 되지 않았다.

-음? 표정을 보니 무언가 석연찮은 구석이라도 있는 것 같은데…… 말해보거라.

헬릭의 나긋나긋한 말투에 카이가 머뭇거리자 그는 다시 한 번 재촉했다.

-괜찮다. 말해보거라.

"……아니, 역시 아무것도 아닙니다."

-말해보라니까.

"아무것도 아니에요."

-아, 난 신경 쓰지 말고 말해보라고.

'왜, 왜 이렇게 끈질겨?'

의외의 부분에서 굉장히 고집스러운 헬릭!

카이는 진땀을 흘리며 연신 고개를 흔들었다.

'절대 말 못 해. 이걸 어떻게 말해?'

여성스럽다는 말을 꺼내면, 헬릭은 카이가 자신을 놀리고 있다고 생각할 것이 분명했다.

신을 능멸했다는 죄목으로 직업이 날아갈 수도 있는 상황!

하지만 한 번 먹잇감을 포착한 헬릭의 집념은 무시할 수 없을 정도로 무시무시했다.

-어서 숨기고 있는 것을 말해라. 그렇지 않으면 그대의 신성력을 모두 회수하겠다.

"예! 그런 게 어딨습니까?"

-여기 있다. 어차피 그 신성력도 내가 나눠준 것 아니냐.

"와…… 진짜 치사하다."

카이가 울컥한 표정으로 중얼거리자, 헬릭이 말을 이었다.

-그러니 어서 말해보거라. 난 궁금하면 아무런 일도 손에 잡히지 않는 성격이야. 대륙에 큰 우환이라도 닥치면 그것을 네가 책임질 테냐?

"어차피 평소에도 일 안 하셨잖아요? 교단이 그렇게 될 때까지 지켜만 보셨으면서."

-뭐, 뭐라고……. 아니, 그 얘기가 왜 여기서 나와?

"그럼 제가 뭘 숨기고 있다는 이야기는 왜 나오는데요?"

-이이……!

헬릭이 노한 음성을 뱉어내자, 카이는 그제야 아차! 했다.

'너, 너무 나갔나?'

생각해 보니 지금 자신이 상대하는 이는 면접관 따위가 아니었다.

기업의 회장이나 될 정도의 엄청난 존재!

빠르게 사태를 파악한 카이의 어깨가 움츠러들었다.

"아니, 그러니까 제 말은 그게 아니고……."

-됐어! 아니, 됐다. 안 듣고 말겠다!

헬릭이 누가 들어도 토라진 목소리로 소리쳤다.

이어서 찾아오는 정적. 당황한 카이는 은근슬쩍 화해를 시도했다.

"헤, 헬릭 님. 기분이 많이 나쁘셨습니까?"

-별로. 다만 그대를 사도로 임명해야 할지는 고민이 되는구나. 나에게까지 비밀을 만드는 이를 사도로 만들어도 될지…… 으음. 심하게 고민이 돼.

'……아니, 신이라는 작자가 이렇게 치사할 수가!'

카이는 이 부조리함에 맞서고 싶었지만, 차마 용기를 내지는 못했다.

대신 그의 혀는 한층 더 부드럽고 달콤한 말을 속삭였다.

"제가 딱히 비밀이 있는 게 아니구요. 그냥 헬릭 님의 위엄 넘치는 모습에 잠깐 기가 죽었던 겁니다."

-입에 침이나 바르고 거짓을 고하거라.

"정말입니다. 사실 지상에 있는 신상들은 이토록 늠름하고 위엄 넘치는 헬릭 님의 모습을 반의반도 표현하지 못하고 있습니다."

─……사실이더냐. 그래도 당시 대륙에서 가장 실력이 뛰어나다는 조각사를 섭외했다만.

"에이, 인간의 솜씨로는 헬릭 님의 존재감을 표현할 수가 없죠. 이 조각상은 스스로 만드신 겁니까?"

-맞다. 심심할 때 만들었다.

"역시 헬릭 님이십니다. 제가 천상의 정원에 와서 무얼 보고 가장 놀랐는지 아십니까?"

─……혹시 나의 신상?

헬릭이 살짝 기대하는 듯한 목소리로 중얼거렸다.

이에 씨익 미소를 지은 카이는 고개를 흔들었다.

"아니요. 눈에 보이는 모든 것이었습니다! 그야말로 천상의 정원이라 불리기에 부족함이 없는 장소이지요. 이런 곳에서 평생 살 수 있다면 그것이야말로 최고의 축복이 아닐까요?"

-흐, 흠.

본디 칭찬은 고래도 춤추게 하는 법!

카이는 그 리스트에 신도 포함된다는 걸 오늘 처음으로 깨달았다.

살짝 누그러진 목소리로 헛기침을 삼킨 헬릭이 퉁명스럽게 얘기했다.

-되었다. 그 얘기는 이쯤 하지. 사제 카이는 자리에서 일어나거라.

"예."

굽혀져 있던 카이의 무릎이 천천히 펴졌다.

이윽고 꼿꼿하게 세워진 그의 전신을 거대한 빛줄기가 강타했다.

뒤이어 헬릭의 위엄 넘치는 목소리가 귓가를 울렸다.

-기억하라. 그대는 태양신의 뜻을 지상에 전파할 신의 대리자이자, 모든 악인들이 두려워해야 할 대상이며, 모든 약자들이 기댈 수 있는 기둥이 될지어다.

"명심하겠습니다."

거대한 빛의 세례가 끝났을 때, 헬릭은 말을 마쳤다.

-오늘부로, 그대는 일찍이 세 명만이 손에 넣을 수 있었던 영광을 거머쥐게 되었다.

띠링!

[태양신 헬릭의 인정을 받았습니다.]

[태양의 사제(신화)의 모든 능력이 해방됩니다.]

[지금부터 태양교의 신전을 방문해 직업 전용 스킬을 배울 수 있습니다.]

[스페셜 칭호, '신화급 플레이어'를 획득합니다.]

[스페셜 칭호, '제4의 사도'를 획득합니다.]

[어둠을 걷어내는 자II 퀘스트를 획득합니다.]

"……후우."

길었다. 정말이지 길고도 긴 시간이었다.

'세 달…… 정도인가.'

22년하고도 10개월. 274개월이라는 세월 중에 고작 3개월의 시간.

하지만 카이에게 있어선 최근의 3년보다 더 값진 시간이었다.

'하, 진짜 게임이 뭐라고.'

대체 이게 뭐기에 사람으로 하여금 이런 기분을 느끼게 하는 걸까.

성취감, 혹은 달성감이라 불릴만한 기분을 느낀 카이는 피식 웃음을 흘렸다.

-기분이 좋아 보이는구나.

"아주 좋습니다. 날아갈 것처럼요."

비단 말뿐만이 아니었다. 반쪽짜리였던 직업이 완벽한 하나의 상을 만들어내고, 어떠한 능력들이 생겼는지는 모른다.

하지만 카이는 현재 자신의 감각이 창끝처럼 뾰족하고, 날카롭게 바뀐 것을 느낄 수 있었다.

'뭐든지 다 할 수 있을 것만 같은 기분이야.'

물론 기분만 그럴지, 실제로도 가능할지는 미지수다.

현재 카이가 확신할 수 있는 것은 단 하나뿐.

"헬릭 님. 이제 그만 나오시지요."

-가, 갑자기 무슨 소리냐.

뜬금없는 요청에 헬릭이 당황한 음성으로 대꾸했다.

카이는 장난스러운 미소를 지으며 어깨를 으쓱거렸다.

"좋네요. 사도라는 거. 마치 머릿속에 레이더라도 달린 기분이에요. 아! 레인저들의 패시브 스킬인 적군 감지를 배우면 이런 기분이 든다고 본 것 같기도 하네요."

카이의 두 눈은 눈앞의 거대한 신상을 바라보고 있었지만, 본능이 소리쳤다.

그 뒤에는 이 신상보다 훨씬 대단한 존재가 있다고.

'분명 헬릭이겠지.'

물론 태양신께서는 쉽게 수긍할 생각이 없어 보였다.

-무슨 소리를 하는지 모르겠구나. 하지만 내가 할 말은 끝났으니 어서 지상으로 돌아가거라.

"그럼 떠나기 전에 신상을 돌면서 기도를 올리는 건 괜찮지요?"

-아, 안 돼! 기도는 지상에 내려가서 해도 괜찮으니라!

"저도 안 돼요. 제가 독실한 신자라서 지금 기도를 드리고 싶거든요."

헬릭의 다급한 음성은 거침없는 카이의 두 다리를 막을 수 없었다.

'신을 만났을 때 얻게 되는 스페셜 칭호를 놓칠 수는 없지.'

순식간에 신상의 발목 부분을 잡은 카이는 고개를 쏙 내밀어 그 뒤편을 쳐다보았다.

"헬릭 님. 대체 왜 여기에 숨어계시는…… 아?"

카이의 입가에서 머물러있던 미소가 사라지고, 동공이 잘게 흔들렸다. 왜냐하면 그곳에는 그가 상상하던 위엄 넘치고 근엄한 중년 사내가 보이지 않았으니까.

다만…….

"흐으윽……. 내가…… 지상으로…… 가라고…… 했잖느냐아……."

이를 대신하여, 두 눈에 눈물을 그렁그렁 달고 있는 어린 소녀가 쭈그려 앉아 있었다.

동시에 카이를 기쁘게 만드는 메시지가 떠올랐다.

띠링!

[스페셜 칭호, '태양 목격자'를 획득했습니다.]

침을 꿀꺽 삼킨 카이는 눈앞의 메시지와 울음을 꾹 참고 있는 헬릭을 번갈아 보더니, 어색한 미소를 지으며 입을 열었다.

"……시, 신난다아."

"흐윽……. 흐아아아앙!"

"아, 망했다."

아쉽게도, 태양신을 울린 자라는 칭호는 없는 듯했다.

레벨 298. 미드 온라인 레벨 랭킹 1위. 세계 최초의 신화 등급 플레이어. 미드 온라인 커뮤니티의 영향력 랭킹 1위. 게이머즈 잡지에 선정된, '함께 사냥해 보고 싶은 플레이어' 랭킹 1위⋯⋯.

대단하다는 말을 넘어, 존경심마저 들 것 같은 업적.

하지만 이 전무후무의 플레이어는 바짝 군기가 든 채 누군가의 눈치를 보는 중이었다.

"저⋯⋯ 헬릭 님. 어떻게, 입맛에는 좀 맞으세요?"

"제법 맛있느니라."

쪼로록.

검은색 기포가 톡톡 터지는 차가운 콜라를 마시고는 새침한 표정을 짓는 소녀. 10살 남짓의 이 소녀는 풍성한 금발이 바닥까지 흘러내린 상태였고, 머리맡에서는 이따금 광채가 번쩍였다.

그녀야말로 천 년 역사를 자랑하는 태양교가 믿고 따르는 신 중의 신.

'⋯⋯맙소사.'

태양신 헬릭의 본 모습이었다.

"손에 들고 있는 그 알록달록한 것은 무엇이느냐?"

"이건 사탕이라고 합니다, 헬릭 님."

"앗, 사탕! 가끔 인간계를 구경할 때 본 적이 있느니라. 어서 어서 줘보거라."

카이에게서 동글동글한 막대 사탕을 강탈한 헬릭이 고개를 갸웃거렸다.

"이건 어떻게 먹는 것이냐?"

"그냥 입안에 넣고 맛을 느끼시면 됩니다."

"이허케 마이야?(이렇게 말이냐?)"

사탕을 입안에 넣은 헬릭의 눈이 초롱초롱하게 빛나는 데에는 긴 시간이 걸리지 않았다.

"맛있어! 맛있느니라!"

"예예, 많이 있습니다."

카이는 피식 웃으며 인벤토리에 쌓인 사탕들을 탁자 위에 우수수 늘어놓았다. 화이트홀에서 아야나를 돌볼 때, 그녀를 달래주기 위해 사놓았던 사탕들이었다.

'그곳을 떠날 때 모두 아야나에게 주기는 했지만……'

그녀를 줄 때마다 자신도 하나씩 까먹으면서 생긴 습관. 이후로 카이는 보급품을 채울 때마다 사탕을 한 무더기씩 사는 것이 일상이 되었다.

'……물론 이렇게 사용하게 될 줄은 몰랐지만.'

카이의 허망한 눈동자가 눈앞의 소녀에게 향했다.

"대단하구나! 이런 맛은 처음이니라! 인간은 정말 대단해!"

태양신이라는 지고한 존재가 사탕과 콜라를 먹으며 칭찬하는 모습이라니……. 예상한 적도 없었고, 예상하고 싶지도 않았던 광경이었다.

"그것은 또 무엇이냐?"

헬릭은 눈을 반짝이며 카이가 들고 있던 알록달록한 과자를 탐냈다.

"아…… 이건 껌이라는 겁니다. 드셔보실래요?"

"흐, 흐응. 나의 충실한 종이 제물을 바치니 거부할 수가 없겠구나."

누가 봐도 먹고 싶다는 표정을 드러낸 헬릭은 껌을 받아가더니 짭짭, 씹기 시작했다.

"오오, 과일 맛이 나느니라!"

한참이나 껌을 맛있게 씹던 헬릭은 돌연 인상을 찌푸리더니 껌을 꿀꺽 삼켰다.

"그런데 너무 질기구나. 몇십 번이고 깨물어도 도저히 잘리지가 않아."

"아…… 헬릭 님. 껌은 삼키는 것이 아닙니다. 씹다가 뱉으셔야 하는데……."

카이가 떨떠름한 표정으로 말을 꺼내자, 헬릭이 걱정스러운 목소리로 물었다.

"……혹시 삼키면 안 되는 음식인가?"

자신의 배를 어루만지며 울상을 짓는 헬릭.

'귀, 귀여워!'

마치 아기 고양이나 강아지를 볼 때와 같은, 심장이 간질거리는 기분!

장난기가 발동한 카이는 나라 잃은 표정을 지으며 고개를 무겁게 끄덕였다.

"예…… 절대 먹으면 안 되는 음식인데……."

"머, 먹으면 어떻게 되는 것이냐?"

"바로 토해내야 합니다. 소화가 되지 않거든요."

물론 거짓이다.

하지만 헬릭은 자신의 풍성한 금발을 쭈뼛 세우더니, 또다시 울먹거렸다.

"나, 나 신인데…… 신도 위험한 것이냐……?"

"크, 크으윽……."

두 손을 꼬물거리며 중얼거리는 헬릭의 모습은 심장에 해로울 정도로 귀여웠다. 새어 나오려는 웃음을 겨우 억누른 카이는 진중한 목소리로 말을 이어나갔다.

"껌을 삼키는 건 신조차도 위험한 행위입니다만…… 제가 고쳐드릴 수 있습니다."

쓰담쓰담.

"······?"

헬릭은 자신의 정수리를 쓰다듬는 카이의 손을 보더니, 머리를 갸웃거리며 커다란 눈을 깜빡였다.

"지금 무엇을 하는 것이냐?"

"이렇게 머리 부분을 문질러 주면 괜찮아질 겁니다. 하지만 계속 껌을 삼키시면 몸에 정말 위험하니 절대로 다시 삼키시면 안 됩니다."

"응응, 절대 안 삼키겠느니라."

[헬릭의 호감도가 상승했습니다.]

"······."

거짓말을 한 것 같아 살짝 미안한 마음이 들었지만, 좋은 게 좋은 것 아니겠는가.

특히 헬릭의 머리는 강아지의 배처럼 따뜻하고 부드러워서 쓰다듬기가 무척이나 좋았다.

하루 종일 쓰다듬고 싶은 감촉이랄까.

"아무튼 카이여. 사실 태양신이 어린 소녀라는 말은 어디 가서 절대로 하면 안 되느니라."

"물론입니다. 당신의 충실한 종이자 사도로서 그 약속을 지키겠습니다."

"음. 믿겠느니라. 내가 어린 소녀라는 사실이 밝혀지면 아무도 나를 믿지 않을 것이다."

'그건 아니라고 생각하지만……'

카이는 만약 헬릭의 모습이 공개된다면 그녀의 팬클럽이 생길 것이라고 확신했다. 물론 그러한 생각을 알 리 없는 헬릭은 팔짱을 끼며 흡족한 표정으로 입을 열었다.

"그대 스스로도 자신의 과오를 뉘우치고 있고, 신에게 사죄의 제물도 바쳤으니 오늘은 특별히 용서해 주겠느니라."

언제부터 사탕과 과자, 콜라와 껌이 사죄의 제물이 되었는지는 모르겠지만…… 카이는 고개를 끄덕였다.

"역시 선과 자비를 관장하는 신, 다우신 면모입니다. 헬릭 님의 자비에 탄복하였습니다."

"헤헤."

기분 좋은 웃음을 흘린 헬릭이 손을 크게 흔들었다.

"그럼 이만 내려가 보거라! 알버트가 아까부터 널 기다리고 있는 것 같구나."

"알버트 교황 성하께서요?"

"웅. 그리고 어젯밤 녀석의 꿈을 통해 계시도 내려놨으니, 많은 도움을 받을 수 있을 것이다."

"배려에 감사드립니다."

계시를 무슨 문자 메시지 놓은 것처럼 말하는 게 제법 우습지만 나쁜 소리는 아니었다.

'교황 성하에게 이것저것 받을 게 많겠구나.'

일을 끝낸 카이는 헬릭에게 꾸벅 고개를 숙였다.

"감사합니다. 그럼 건강하시길."

"응, 잘 가거라…… 앗!"

말을 하다말고 화들짝 놀란 헬릭이 고개를 휙 돌렸다.

그녀의 시선이 향한 곳은 다양한 과자와 콜라, 사탕 등이 놓인 탁자 위. 헬릭은 목소리를 가다듬더니 새침한 목소리로 말을 이었다.

"그…… 가, 가끔씩 심심하면 찾아와도 되느니라."

"종종 찾아뵙겠습니다. 하지만 제가 본단에 자주 들릴 수 없을 것 같습니다만……."

"그건 내가 도와줄 수 있어."

헬릭이 고사리 같은 손가락을 튕기자, 귓가에 익숙한 소리가 들렸다.

띠링!

['신출귀몰' 스킬을 획득합니다.]

[귀환 포인트에 '천상의 정원'이 등록되었습니다.]

"오오오……?"

뜬금없이 새로운 스킬을 획득한 카이가 고개를 갸웃거리며 스킬 정보를 확인했다.

[신출귀몰]
등급 : 유니크
신성력 1,000을 소모하여 한 번 방문한 장소로 이동할 수 있다.
재사용 대기시간 : 5분.

자연스럽게 쩍 벌어지는 입, 커지는 동공!
'귀, 귀환 스킬!'
카이가 놀란 데에는 이유가 있었다. 미드 온라인에서는 마법사가 아닌 이상 다른 지역으로 이동할 때 비싼 돈을 주고 텔레포트 게이트를 이용하거나, 귀환 주문서를 사야 한다.
그 귀찮고 번거로우며 지갑 사정이 우려되는 일을 멈출 수 있는 방법은 단 하나, 귀환 스킬을 배우는 것.
물론 아무나 할 수 있는 일이 아니었다.
'일반적인 귀환 스킬북만 해도…… 최소 레어 등급이잖아.'
최소 수백만 원짜리 스킬이다.
그런 주제에 재사용 대기시간은 몇 시간이나 되고, 터무니없이 많은 마나와 신성력이 요구된다. 심지어 몇몇 도시나 마을은 귀환 장소로 등록할 수도 없고, 등록할 수 있는 장소는 고작 10개에 불과하다.

'하지만…… 아무래도 신출귀몰에는 그런 제약이 없어 보이지?'

잭팟 중의 잭팟.

카이는 눈앞으로 777이라는 숫자가 아른거리는 것 같은 기분마저 느꼈다.

무엇보다 카이는 이런 득템을 기대조차 하고 있지 않았다.

본래 선물이란 갑자기, 예상조차 못 했을 때 받아야 감동과 고마움이 배가 되는 것!

"정말 감사합니다, 헬릭 님. 정말 감사해요!"

덥석!

헬릭의 앙증맞은 손을 부여잡은 카이가 몇 번이나 감사의 인사를 표했다.

"으으으……. 가, 갑자기 손을 잡으면……."

얼굴이 확 붉어지는 헬릭. 자신의 실수를 깨달은 카이는 곧장 그녀의 손을 놓으며 뒤로 물러섰다.

"이런, 죄송합니다. 순간적으로 너무 기뻐서……."

"으, 으흠! 괘념치 말거라. 누군가와 대화를 나누는 건 오랜만이라 서투른 것뿐이니까."

고개를 휙 돌린 헬릭은 용무가 끝났다는 듯, 손을 휘저었다.

"이제 정말 가보거라. 늦겠구나."

"그럼 다음에 또 뵙겠습니다. 다음에 올 때는…… 초코 케이크를 사 오겠습니다."

"……맛있는 것이냐?"

"오늘 드린 것보다 100배는 더 맛있을 겁니다."

"내일 오너라."

"내일은 조금 무리지만, 근시일 내로 찾아뵙겠습니다. 그럼 이만."

소녀의 모습을 한 채 어른의 말투를 구사하는 독특한 신. 헬릭에게 작별을 고한 카이의 눈앞으로 메시지가 떠올랐다.

[본래 있던 장소로 귀환하겠습니까?]

"그래."

"주교 이상의 사제만 모이라니. 처음 아니오?"

"맞소. 대체 이게 무슨 일인지……."

"무언가 믿는 게 있으니까 이렇게 강하게 나오는 것 아니겠소?"

"확실히 그건 그렇군. 게다가 버나드 추기경께서는 신성 감옥에 갇히시고, 몰리온 추기경께서는 행방이 묘연하오. 그분들만 믿고 있던 우리는 어찌 되는 것인지……."

"자자, 확실한 건 곧 교황 성하께서 직접 말해주시지 않겠소."

마치 회의장이 자신들의 안방이라도 된 것처럼 편안하게 행동하는 사제들. 그들은 버나드와 몰리온과 뜻을 함께하는 태양교의 주교들이었다.

"으음……."

아무것도 모르는 멍청이들과는 달리, 대주교 힉스의 눈알은 데굴데굴 굴러갔다.

'분명히 어제는 거사가 치러졌어야 하는 날이었다. 하지만 버나드 추기경은 물론, 모라크 주교까지 신성 감옥에 갇히다니……. 대체 어떻게?'

힉스는 두 명의 추기경을 포함하여 모라크에게 직접 포섭당한 몇 안 되는 대주교였다. 평소 신앙심보다는 재물과 명성에 더 큰 욕망을 가지고 있던 그는 뮬딘 교에서 은밀히 건넨 제안을 거절하지 않았다.

'어차피 태양교는 지는 해였다. 어제의 일만 잘 끝났으면…….'

타락한 교황이 신도들을 학살하고 나아가 대륙의 주민들을 공포에 빠뜨렸을 터.

하지만 어제의 알버트 교황은 평소와 다름이 없었다.

'쯧, 일이 꼬여도 단단히 꼬였군. 꼬리를 잘라야겠어.'

신성 감옥에 수감된 두 사람을 어떻게든 처리해야겠다고 마음먹은 힉스는, 고민이 끝나자 오히려 속이 후련해졌다.

'어차피 당장은 교황도 날 어찌하지 못할 것이다. 그가 교황직에 오른 뒤 교단이 몰락해 가고 있는 것도 사실이고, 내가 뮬딘 교와 손을 잡은 걸 알고 있지는 않았겠지.'

그는 어제 외출에서 돌아온 후, 아직까지 신성 감옥에 방문하지 않았다. 당연히 뮬딘 교와 손을 잡은 주교들의 정보를 가지고 있지 않을 터.

힉스가 마음을 편하게 먹고 있을 때, 회의실 문이 열렸다.

"……음?"

알버트 교황이 입장할 거라는 모두의 예상과는 달리, 문지방을 넘어선 건 앳된 사제였다.

'저자는 분명……'

'어제 교황과 함께 본단으로 돌아왔던 청년 사제다.'

'오늘 회의는 분명 주교 이상의 사제만 참석 가능한 자리일 텐데?'

주교들이 서로의 얼굴만 쳐다보며 상황을 이해하기 위해 노력할 때.

"어디 보자……. 오! 진짜 보인다, 보여."

마치 어떤 사과가 싱싱한지 고르기라도 하듯, 회의실로 들어온 카이는 그곳에 빼곡히 모여 있는 주교들을 꼼꼼히 살펴봤다.

"어떤가? 정말로 구별할 수 있겠습니까?"

뒤이어 청년 사제의 뒤에서 들려오는 중후한 알버트의 목소리에 카이는 싱긋 웃으며 자신 있게 고개를 끄덕였다.

"예. 구별이 잘 되네요. 아주 소름이 끼칠 정도로."

카이의 입가에 떠오르는 미소를 마주 보던 몇몇 사제들은 소름이 끼치는 것을 느끼며 몸을 부르르 떨었다.

"그렇다면 다행입니다. 카이 님만 믿겠습니다."

여느 때와 같이 무늬 하나 없는 정갈한 사제복을 입고 등장한 알버트. 그는 카이에게 정중한 목소리로 말을 건네더니 자신의 자리인 상석으로 다가갔다.

평소와 다를 바 없는 똑같은 행동이었지만, 주교들은 고개를 갸웃거렸다.

'⋯⋯알버트 교황이 존댓말을 사용한다고? 저 사제가 누구기에?'

'어제 같이 돌아온 걸 보니 목숨을 구해준 은인인 것 같던데⋯⋯ 그래서 그런 건가.'

'그나저나 오늘의 교황은 걸음걸이부터 자신이 넘치는군.'

'설마 저 청년 사제를 믿고 콧대가 저리 높아진 건가?'

주교들 대다수가 눈빛으로 묻는 물음을 무시한 알버트가 자리에 앉았고, 카이는 아주 자연스럽게 그 옆에 자리한 채 그를 보좌했다.

따뜻하고 믿음직스럽다는 눈으로 카이를 한 번 쳐다본 알버트가 주교들에게 고개를 돌렸다.

"다들 앉으시게."

안 그래도 조용하던 회의장이 침묵에 휩싸여 더욱 고요해졌다.

무의식적으로 서로의 숨소리마저 크게 들리지 않게끔 조심하는 주교들. 그것은 카이의 높은 위엄 스탯 때문이었지만, 그 사실을 알 리 없는 주교들은 당황했다.

'왜 이렇게 긴장이 되지?'

'……알버트 교황. 오늘은 무언가가 다르다.'

'일단 몸을 사리는 게 낫겠어.'

정치판에서 구르고 구른 이들이 깨우칠 수 있는 동물적인 본능. 그것이 그들로 하여금 입을 다물게 만들었다.

"길게 설명할 것은 없을 것 같으니 바로 본론으로 들어가지요. 다들 어제 일이 궁금한 것 같은데……."

천천히 입을 연 알버트 교황은 거침이 없었다.

"버나드 추기경과 몰리온 추기경은 뮬딘 교와 손을 잡은 이교도였습니다. 마차의 목적지에는 뮬딘 교의 사제와 성기사들이 매복을 하고 있었고, 그들의 병력은 태양 기사단을 훨씬 웃돌았습니다……. 결국 기습을 당한 태양신의 어린 양들은 제대로 된 반격조차 하지 못하고 안타까운 최후를 맞이했지요. 모두 그들이 헬릭의 품으로 갔기를 기도합시다."

평소 돌려 말하기를 즐겨 하던 모습과는 달리 매우 직설적인 언행!

게다가 뮬딘 교라는 이름이 나온 만큼, 평소 큰 목소리를 내지 못하던 사제들도 입을 열었다.

"말도 안 됩니다! 이곳은 신성 왕국 라피스. 그런데 인근에 뮬딘 교의 군세가 있었다니요?"

"아니, 지금 그보다 먼저 대두되어야 할 건 두 추기경의 배신이 아니오?"

"허어……. 교단이 언제 이렇게 썩었는지……."

"잠깐. 그럼 추기경들과 함께 움직이던 주교들도 의심해 봐야 하는 거 아닙니까? 힉스 대주교는 어떻게 생각하시오?"

힉스 주교는 평소에 두 추기경과 가깝게 지내던 대표적인 인물이었다. 그는 자신의 이름이 흘러나오자 찔끔했지만, 그 사실을 드러내지 않고 오히려 큰소리쳤다.

"어허! 무슨 말을 그렇게 하시오! 나도 그자들이 뮬딘 교의 끄나풀이었다는 건 이 자리에서야 알게 되었소!"

그는 이미 영향력을 잃어버린 두 추기경에게 예의를 갖춰줄 생각 자체가 없었다. 힉스가 얼굴에 철판을 깔고 강하게 나오자, 다른 주교들도 주춤했다.

'옳지.'

눈을 반짝인 힉스는 그들이 주춤한 틈을 놓치지 않았다.

자리에서 벌떡 일어난 그는 주먹으로 자신의 가슴을 쿵쿵 두드렸다.

"태양신께서는 항상 저를 지켜보고 계시오! 나의 결백, 나의 순수. 나의 믿음! 헬릭께서 나의 무고를 증명해 주실 거란 말이오! 뮬딘 교는 이 땅에서 사라져야 할 악 중의 악! 어찌 나에게…… 한평생을 태양교에 봉사해온 나에게 그런 말을 꺼낼 수가 있소!"

힉스의 얼굴 위로 떠오른 당당함과 억울함은 그를 몰아붙이던 주교들에게 생생하게 전해졌다.

"크, 크흠."

"미안하게 됐소."

"아니, 힉스 대주교가 그들과 결탁했다는 게 아니라…… 상황이 묘해서 그랬소. 표현이 과격했던 점은 사과하오."

"……기분이 몹시 불쾌하오. 다시는 이런 실수를 하지 말아 줬으면 좋겠소."

인상을 찌푸린 힉스는 자신이 상처받았다는 것을 티 내면서 거칠게 자리에 앉았다.

얼굴은 잔뜩 찌푸려진 상태였지만, 그의 속마음은 달랐다.

'후후후. 어리석은 녀석들. 어차피 헬릭은 나 하나를 위해 너

희 따위에게 계시를 내릴 인물도 아니다. 신벌을 내릴 거라면 추기경들에게 진작 내렸겠지.'

헬릭의 존재 유무는 이미 신성력의 발현으로 증명되었다.

하지만 그는 절대 인간계의 일에 개입을 하지 않았다. 무려 태양교라는 종교가 세워진 천 년 동안.

'그나저나 두 추기경도 끝난 마당이니…… 나도 적당히 이곳 생활을 청산하고 은퇴나 해야겠군. 더 이상 돈을 빼돌릴 수 없는 건 아쉽지만 목숨을 잃는 것보다는 낫겠지.'

힉스가 입맛을 다시며 미래를 설계하는 순간 알버트 교황이 입을 열었다.

"자자, 다들 조용히 해보시게."

회의장이 조용해지고, 수백의 주교가 자신만을 쳐다보는 상황에서 알버트 교황은 천천히 카이를 쳐다봤다.

"여기부턴 그대가 하겠나?"

"예."

뒷짐을 진 채 무표정한 얼굴로 한 발자국을 앞으로 내디딘 카이. 그는 자신에게 쏟아지는 무수한 시선을 쳐다보며 천천히 입을 열었다.

"태양교의 미래를 걱정하시는 분들. 더 이상 걱정하지 마십시오. 제가 깨끗한 교단, 청렴결백한 교단으로 확실하게 컨설팅해 드릴 테니."

"……뭐라고?"

"아니, 그보다 자네는 누구인가?"

"이의 있소!"

탕!

버나드와 몰리온 추기경을 따르던 주교 하나가 탁상을 강하게 내려치면서 일어났다. 그는 마치 선동이라도 하듯, 주변의 다른 주교들을 둘러보며 물었다.

"오늘 이 회의는 주교급 이상의 사제만 참석할 수 있는 회의 아니었습니까?"

"맞소."

"사실 나도 아까부터 이상하다고 생각하긴 했는데……."

물꼬가 트이자 하나둘씩 불만이 새어 나왔다.

하지만 알버트 교황은 눈 하나 깜짝하지 않고 그 상황을 지켜봤다. 그건 카이를 전적으로 신뢰하는 이만이 보여줄 수 있는 행동이었다. 그 믿음의 출처는 다름 아닌 카이의 존재였다.

"기르얀 주교."

카이의 입술 사이로 담담한 목소리가 흘러나와 회의장에 울려 퍼졌다. 그리 크지도 않은 음성이었건만, 듣는 이로 하여금 입을 다물게 만드는 힘이 있는 소리였다.

기르얀 주교, 카이가 이 자리에 있음을 못마땅하게 여긴 그는 대번에 노했다.

"감히 주교의 이름을 함부로 부르다니!"

그의 호통을 가볍게 무시한 카이는 담담하게 자신의 할 말을 이어나갔다.

"뇌물 수수 27회, 헌금 횡령 12회, 신도 추행 14회, 태양교의 전유물인 성수를 외부에 반출 4회……. 더 이상은 구역질이 나서 읽기도 싫어."

"……!"

카이가 늘어놓은 죄목을 들은 기르얀은 두 눈을 크게 뜨며 전신을 움찔거렸다.

'저놈이 어떻게……?'

그것은 자신이 태양교에서 행한 비리 내역들.

눈을 데굴데굴 굴린 그는 자신이 지을 수 있는 표정 중 가장 황당하다는 표정을 지으며 큰소리쳤다.

"아니, 그게 무슨 소리인가? 청렴결백의 대명사인 나에게 그런 죄목들을 늘어놓다니……?"

"청렴결백?"

카이가 코웃음을 치자 기르얀은 본인의 신성력을 가득 끌어올렸다. 썩어도 준치라고, 희미한 신성력 전신에 두른 그는 올곧은 사제처럼 보였다.

"지금 그대가 무슨 말을 지껄인 줄 알고 있는가? 아무리 새파랗게 어린 사제의 치기 어린 말이라고 해도, 도저히 용납할 수가 없군."

팔은 안으로 굽는 법. 두 사람의 대립에 주변 사제들은 기르얀 주교의 편을 들기 시작했다.

"하긴, 주교씩이나 되는 인물인데 그런 짓을 저질렀을 리가……."

"그래도 소문은 조금 안 좋은 편 아니었나?"

"에이! 그래도 얼굴도 본 적 없던 사제에 비하면…… 믿음이 더 가는 건 사실이잖나."

기르얀 주교는 다른 주교들이 자신의 의견에 힘을 실어주자 어깨에 힘이 실렸다.

"나는 태양교의 주교이자 태양신 헬릭의 뜻을 널리 퍼뜨리는 자. 이번에는 그대에게 묻도록 하지. 그대는 대체 무슨 자격으로 유언비어를 퍼뜨리며 우리 사이를 이간질하려는 것이냐. 혹시…… 뮬딘 교의 끄나풀이 아니던가?"

"뮬딘 교?"

"가만, 확실히 태양교의 내부가 무너지면 가장 이득을 볼 수 있는 곳은 뮬딘 교……."

주교들의 눈빛이 의심으로 물들었을 때.

가볍게 코웃음을 친 카이는 오른손을 천천히 들어 올렸다.

"얼마나 믿음이 부족했으면 신성력이 어둡다 못해 누런색이 되는지…… 보아라."

이어서 그의 손에서 터져 나오는 광채(光彩).

일찍이 헬릭의 신성력으로 만들어진 태양이 뿜어내는 찬란한 빛이 회의실을 가득 물들였다.

"크으윽……."

"누, 눈이……."

"우웁…… 우웨에엑!"

부정을 일삼던 자. 믿음이 부족하던 자. 뮬딘 교와 손을 잡고 태양교의 질서를 어지럽히던 자들은 그 빛을 쳐다보며 고통을 호소했다.

카이의 빛 앞에 기르얀 주교의 신성력은 흔적도 없이 소멸되어 버렸다.

말 그대로 태양 앞의 반딧불이라도 된 것처럼, 조용하게.

"나는 헬릭 앞에서 약속했다. 악(惡)에 고통받는 이들을 구하고, 악(惡)을 행하는 자들을 벌하고, 당신의 가르침을 이 땅에 널리 퍼뜨려 악(惡)을 근절할 것이라고."

화아아아악!

카이가 뿜어내는 신성력이 한층 더 강해졌다.

그는 자신의 신성력에 신음하는 수십의 주교를 내려다보며 차가운 음성으로 말했다.

"무슨 자격으로 그대들을 심판하냐고 묻는다면……."

카이가 슬쩍 고개를 돌려 알버트를 쳐다보자, 그는 자리에서 일어나며 선언했다.

"신성 왕국 라피스의 특별법 제 1조 1항. 태양신의 대리자인 사도, 태양의 사제는 교단 내에서 교황과 동등한 대우를 받게 된다."

"태, 태양의 사제라고?"

"그럼 저 청년이……."

"시미즈, 체란티아, 그리고 패트릭님의 뒤를 이어 수백 년 만에 나타난……."

"태양신의 대리인, 사도다!"

뮬딘 교와 결탁한 주교들과는 달리, 항상 투명한 생활을 영위하던 주교들이 경악한 눈으로 카이를 쳐다봤다.

그들에게 있어서도 사도라는 존재는 문헌이나 기록에서만 볼 수 있던 전설이었으니까.

"정말 고맙습니다."

카이가 몇 번이나 사양했음에도 불구하고, 알버트 교황은 그가 헬릭을 만나고 온 순간부터, 존경이 담긴 경어를 사용했다.

"아니요. 사도로서 당연히 해야 할 일을 했을 뿐입니다."

빙그레 미소를 지은 카이는 현재 교황의 집무실에서 차를 마시는 중이었다.

본단 내부의 주교 중 3할이 넘는 이들이 부정을 일삼거나 뮬딘 교와 손을 잡은 상태였지만, 완전한 사도로써 각성한 카이의 눈을 피할 수는 없었다.

홀짝.

머리를 맑게 해준다는 아가릿 차를 홀짝인 교황이 운을 띄웠다.

"이제 카이 님은 태양교에서 저와 동등한 위치에 서 계신 존재. 당연히 하시는 일을 도와드릴 인력을 따로 편성해 드려야하는데…… 끄웅. 이번에 태양 기사단의 전력이 누수되었고 부패한 주교들이 대량으로 검거되며 본단 개편이 시급한 상황입니다. 아무래도 시일이 걸릴 것 같습니다만……."

그 말에 카이는 눈을 반짝이며 물었다.

"아. 혹시 그 인력 편성…… 제가 원하는 사람들로 골라도 됩니까?"

"……그거야 뭐. 상관없습니다만. 혹시 본단에 알고 계신 분이라도 있으신 겁니까?"

"네. 무척 잘 알고, 절 잘 도와줄 수 있는 사람이 있어요. 아주 친하거든요."

"한 번 찾아보겠습니다. 이름들이 어떻게 되지요?"

"아. 제가 원하는 건 한 명밖에 없습니다. 나머지는 적당히 꾸려주세요."

"한 명이라…… 말씀해 주시지요."

알버트의 물음에 카이는 기분 좋은 듯, 입꼬리를 길게 올리며 입을 열었다.

"그녀의 이름은 미네르바, 모험가 미네르바입니다."

성기사와 사제들이 대거 소속된 세계 10대 길드, 프레이 길드의 마스터이자 영웅 등급 직업인 성녀 클래스를 획득한 세계적인 플레이어.

카이가 원하는 것은 그녀와 그녀가 지닌 세력이었다.

'뭐, 그녀의 입장에서는 청천벽력 같은 말이겠지만…….'

어쩌겠는가. 현재 알버트 교황은 부패한 주교들과 신자들을 대거 몰아내며 위엄을 되찾은 상태.

그런 이의 명령을 거절하면 미네르바의 교단 내 입지가 위태로워질 터.

"아! 그녀라면 저도 알고 있습니다. 그녀가 카이 님을 지원할 수 있도록 바로 조치해놓지요."

"교황 성하의 배려에 감사드립니다."

일사천리로 이어진 거래!

같은 시각, 미네르바는 영문을 알 수 없는 오한에 몸을 부르르 떨었다.

"음? 미네르바 님. 감기라도 걸리셨습니까? 그런 거라면 일찍 로그아웃하시죠."

"아니요. 몸은 멀쩡해요. 다만……."

길드의 부마스터가 건넨 질문에 미네르바는 팔등의 닭살을 어루만지며 중얼거렸다.

"뭘까요……. 어딘가에 코가 꿰인 듯한 이 불길한 기분은……."

그녀는 감이 좋은 사람이었다.

56장
Ready to kill

"흐흐흥, 그럼 미네르바 문제는 해결됐고."

카이는 콧노래를 흥얼거리며 태양교 본단을 거닐고 있었다. 그의 기분이 좋아 보이는 건 착각이 아니었다.

'완전한 태양의 사도로 전직한 것만으로도 이런 스킬이 생기다니.'

바로 그에게 새롭게 생긴 패시브 스킬 덕분에 기분이 좋았던 것.

만약 카이가 아니더라도, 이러한 스킬이 생긴다면 그 사람은 콧노래를 흥얼거릴 수밖에 없을 것이다.

[태양의 신체 Passive]

등급 : 신화

태양이 떠 있을 때, 모든 능력 능력치가 20% 상승합니다.

낮 동안 모든 능력치가 20% 상승하는 신화 등급의 스킬!

이 패시브 스킬의 존재 하나만으로, 카이의 전력은 전과 비교도 할 수 없을 만큼 높아졌다.

'하지만 이건 끝이 아니지. 시작일 뿐.'

카이는 지금 누군가를 찾는 중이었다.

'분명히 직업 NPC가 이 근처에 있을 텐데.'

쇠뿔도 단김에 빼라고, 카이는 내친김에 새로운 스킬들도 배울 생각이었다.

"저기 있네."

그를 찾아내는 건 그리 어려운 일이 아니었다. 예전에 전직을 하기 위해 찾아왔을 때도 그에게 스킬을 배웠었으니까.

카이가 다가가자 사제는 고개를 꾸벅 숙였다.

"어서 오십시오, 형제님. 새로운 힘을 배우러 오셨습니까?"

아직 카이가 태양의 사제라는 사실은 주교들 사이에서만 퍼진 상태였다. 당연히 일반 사제인 그는 그 사실을 몰랐고, 카이를 편하게 대했다.

"예. 리스트를 좀 볼 수 있나요?"

"물론입니다."

사제가 고개를 끄덕이자 카이의 눈앞으로 배울 수 있는 스킬들이 활성화되었다.

'일반 스킬들은 충분히 많이 배워놨어. 지금 중요한 건……'

태양의 사제, 사도의 전용 스킬!

[지원형 스킬-12개 스킬 활성화 가능.]

[신성 마법 스킬-19개 스킬 활성화 가능.]

[태양의 사제 전용 지원형 스킬-5개 스킬 활성화 가능.]

[태양의 사제 전용 신성 마법 스킬-2개 스킬 활성화 가능.]

"음?"

카이가 고개를 갸웃거렸다.

그의 레벨이 이제 300이 다 되어간다.

'그런데 활성화된 스킬이 겨우 일곱 개밖에 없다고?'

얼떨떨한 기분이 가장 먼저 들었지만, 카이는 고개를 흔들었다.

'하긴. 어차피 미드 온라인의 스킬은 양보다는 질이니까.'

고민을 날린 카이는 지원형 스킬부터 살펴봤다.

[업그레이드]

등급 : 유니크

스킬 사용 시, 시전자가 다음에 사용할 스킬 세 개의 효과가 대폭 강화됩니다.

재사용 대기시간 : 10분.

[솔라 필드]

등급 : 유니크

신성력 5,000을 소모하여 시전자를 중심으로 20×20미터를 태양의 영역으로 선포합니다.

시전자는 태양의 영역 위에서 모든 능력치와 재생 속도가 상승합니다.

영역에 발을 들인 사악한 존재는 초당 대미지를 입으며 치유 불가 상태에 빠집니다.

스킬 레벨에 따라 영역의 크기가 증가합니다.

재사용 대기시간 : 12시간.

[파이널 어택]

등급 : 유니크

신성력 3,000을 소모하여 다음 공격을 방어 무시 대미지로 바꾸고, 피해량이 세 배 증가합니다.

재사용 대기시간 : 3시간.

[태양 분신]

등급 : 유니크

선행 스탯 5를 영구적으로 소모하여 시전자의 분신을 만듭니다.

분신은 시전자의 70% 능력을 발휘하며, 사망할 시 폭발을 일으키며 적에게 피해를 줍니다.

재사용 대기시간 : 24시간.

"오오!"

모든 스킬의 등급이 유니크!

게다가 효과 또한 하나같이 무시할 수가 없었다.

'업그레이드나 솔라 필드, 파이널 어택은 평소에도 자주 쓸 수 있는 스킬들이야. 다만 태양 분신은 조금 애매한걸.'

태양 분신을 사용하는 데 필요한 것은 신성력이 아닌 선행. 현재 카이가 선행 1개로 효과를 볼 수 있는 스탯은 힘, 체력, 지능, 민첩, 신성, 위엄으로 총 여섯 가지였다.

한 마디로 선행 스탯 5개를 소모하면, 도합 30개의 스탯이 소모된다는 뜻!

'끄응. 이 스킬은 자주 사용할 수 없겠어.'

아쉬운 마음을 달랜 카이가 눈을 돌린 것은, 사도 전용의 신성 마법 주문 항목이었다.

[태양의 분노]

등급 : 유니크

신성력 30,000을 소모하여, 일대에 대상을 불태우는 강렬한 태양빛을 퍼붓습니다.

재사용 대기시간 : 5분.

[추적하는 빛의 화살]

등급 : 유니크

신성력 10을 소모할 때마다 빛의 화살 하나를 만들어냅니다. 만들어낸 빛의 화살은 지정한 대상을 자동으로 쫓습니다.

재사용 대기시간 : 없음.

"후우…… 그나마 다행인가."

신성 마법 주문의 경우, 선행 스탯을 소모하는 스킬은 없었다.

'하지만 레벨이 더 오르면 그런 스킬들도 많아지겠지.'

태양 분신처럼 너무나도 매력적인 스킬들이 생길 것이다.

하지만 그 스킬들을 사용하려면 금쪽같은 선행 스탯을 내놓아야 할 터.

'역시 태양의 사제는 선행 스탯을 꾸준히 올리는 것이 중요해.'

그 사실을 깨달은 카이는 인벤토리를 열면서 물었다.

"여기 이쪽 스킬 여섯 개 전부 배우겠습니다. 얼마죠?"

"600골드입니다."

"예. 600…… 얼마요?"

"600골드입니다, 형제님."

사근사근 웃으며 대답하는 사제!

"……어떤 일이 있어도 할인은 안 되나요?"

"예. 교황님이 오셔도 가격은 깎아드릴 수 없습니다."

바늘 하나 들어가지 않을 것 같은 견고한 철벽.

결국 카이는 눈물을 머금고 600골드를 그에게 내밀었다.

'무슨 스킬 하나에 천만 원씩이나…… 물론 모두 유니크 스킬들이고, 효과가 뛰어난 건 알겠지만……'

말 그대로 돈이 없으면 게임도 못할 지경이다.

카이는 그래도 6,000만 원 정도는 여유롭게 지불할 수 있는 형편이기에 망정이었다.

'돈이야 계속 쌓이고 있고…… 방송국에서 대금도 곧 넣어줄 테니까.'

카이가 내쉬는 한숨과 함께 건네진 골드 주머니를 사제가 건네받았고, 메시지가 떠올랐다.

['업그레이드' 스킬을 획득합니다.]

['솔라 필드' 스킬을 획득합니다.]

……

예상치 못한 돈이 빠져 속은 조금 쓰리지만, 그 이상으로 기쁨이 찾아들었다.

'신성 마법 주문은 홀리 익스플로전밖에 없었는데…… 이제 조금 숨통이 트이겠어.'

플레이어는 새로운 장비를 맞췄을 때나, 새로운 스킬을 맞췄을 때 손이 근질근질해지는 법. 카이라고 다를 건 없었다.

다만, 그는 자신의 욕망을 적절히 통제할 수 있는 사람이었을 뿐.

'움직이기 전에 스페셜 칭호들도 확인해야겠지.'

카이가 이번에 전직을 마치며 획득한 스페셜 칭호는 총 세 개. 카이는 주저 없이 칭호 도감을 펼쳤다.

[신화급 플레이어]

[등급 : 스페셜]

[내용 : 최초로 신화 등급 직업을 획득한 유저에게 주는 칭호.]

[효과 : 신화 등급 미만의 NPC와 플레이어들을 상대할 때 모든 능력치가 추가적으로 상승.(이 효과는 칭호를 착용하지 않아도 적용됩니다.)]

[제4의 사도]

[등급 : 스페셜]

[내용 : 네 번째로 헬릭의 대리자가 된 이에게 주는 칭호.]

[효과 : '강림' 스킬 사용 가능.(이 효과는 칭호를 착용하지 않아도 적용됩니다.)]

[태양 목격자]

[등급 : 스페셜]

[내용 : 태양신 헬릭을 두 눈으로 목도한 이에게 주는 칭호.]

[효과 : 선행 스탯이 상승할 때, 50% 추가 획득.(이 효과는 칭호를 착용하지 않아도 적용됩니다.)]

"흐음?"

당장 전력 상승에 도움이 될 만한 효과를 지닌 칭호들은 아니었다. 그 부분이 아쉬웠지만, 카이는 이내 고개를 흔들었다.

'신화 등급의 플레이어나 NPC들은 아직 없을 테니…… 항시 추가 능력치를 획득할 수 있을 테고 선행 스탯을 획득할 때마다 50%씩 더 받는 것도 마음에 들어. 그런데 강림은 대체?'

카이는 곧장 강림의 스킬 정보를 확인했다.

[강림]

등급 : 신화

선행 스탯 20를 영구적으로 소모하여, 전대 태양의 사제들을 시전자의 몸으로 강림시킵니다.

　지속 시간 : 1시간.

　재사용 대기시간 : 1시간.

　"……어?"

　스킬의 설명을 읽은 카이는 대번에 인상을 찌푸렸다.

　'다른 건 모르겠어. 모르겠는데…… 선행 스탯을 20이나 잡아먹는다고?'

　한 마디로 스킬을 한 번 사용할 때마다 모든 스탯이 120개나 사라진다는 뜻!

　일방적으로 스탯의 희생을 강요하는 악마적인 스킬이다.

　'하지만…….'

　전대 태양의 사제들을 직접 자신의 몸으로 강림시킨다.

　이건 같은 사도의 길을 걷고 있는, 제4의 사도 카이에게만 허락된 능력. 효과가 별 볼 일 없지는 않을 것이다.

　물론 그 사실은 이해했지만, 사용할 엄두는 여전히 나지 않았다.

　"정말 위기의 순간. 아예 죽기 직전이라면 모를까……."

　이 스킬을 사용하는 날이 오기는 올까.

　고개를 절레절레 흔든 카이는 미련 없이 본단의 건물을 나섰다.

'아직 본단은 해결해야 할 숙제가 많지만, 그건 나의 일이 아니야.'

어차피 태양교의 부패는 이미 그의 손에 의해 빠르고 정확하게 뽑혀나간 상태. 남은 건 알버트와 그를 돕는 주교들이 처리해야 할 문제였다.

물론 버나드와 모라크를 심문하는 일도 그들의 몫.

'새로운 정보가 나오는 대로 나에게 전해주겠다고 했으니 그 부분은 걱정할 필요 없겠지.'

태양교 본단도 신출귀몰의 귀환 장소로 등록한 카이는 곧장 텔레포트 게이트를 이용했다.

"어디로 이동하시겠습니까."

"흑탑으로."

흑탑으로 이동한 카이는 1층의 데스크로 찾아갔다.

"방문 목적을 말씀해 주십시오."

"아, 저…… 코로나님에게 받을 물건이 있습니다만. 혹시 따로 내려진 말은 없었습니까?"

"받을 물건……. 아! 혹시 카이님이십니까?"

데스크의 여자 마법사가 손뼉을 치며 소리쳤다.

이내 자신의 실수를 깨달은 그녀는 조용조용한 목소리로 말을 이었다.

"있어요. 카이님이 오시면 곧장 자신의 집무실로 모시라고…… 저어, 그런데……."

주섬주섬.

뭔가를 들어올린 여자 마법사가 조심스럽게 그것을 카이에게 내밀었다.

"혹시 모르니까, 이것 좀 걸어주시겠어요?"

그녀가 내민 물건을 바라보던 카이가 황당한 목소리로 물었다.

"……마법 저항력의 목걸이? 이건 갑자기 왜요?"

"타, 탑주님이 그…… 스트레스를 굉장히 많이 받으셨어요. 물건 받으러 오면 일단 한 번 죽이고 시작할 거라고 입버릇처럼 말씀하셨거든요. 혹시나 싶어서……."

"……."

아무래도 카이의 요청한 물건이 생각보다 만들기 힘들었던 모양.

침을 꿀꺽 삼킨 카이는 애써 웃음을 지으며 고개를 흔들었다.

"에이. 그래도 코로나님이 절 죽이시진 않을 거예요. 탑주씩이나 되는 인물이니…… 마음도 제법 넓으실 거고……."

"아니에요. 저희 탑주님 속 진짜 좁아요. 노처녀 히스테리는 얼마나 심한데요. 제가 알아요."

그녀의 거듭된 제보에 불안해진 카이는 슬며시 목걸이를 목에 걸고, 장비를 바다의 폭군 세트르 변경했다.

설마 파사낙스의 부탁을 이용한 자신을 죽이지는 않겠지만, 공격 정도는 할 수 있지 않겠는가.

떨리는 마음으로 코로나의 연구실로 찾아간 카이는 조심스럽게 문을 두드렸다.

"이 시간에 누구?"

"저…… 카이입니다. 기억하시죠? 파사낙스 님과 함께 찾아 뵈었던……."

덜컥!

카이의 말이 끝나기도 전에, 덜컥 열린 문 사이로 앙상한 팔이 튀어나왔다. 순식간에 카이의 멱살을 잡아챈 손이 그의 전신을 잡아당겼다.

'마, 마법이 아니야? 아니 그것보다 무슨 힘이…….'

반항할 틈도 없이 내부로 끌려들어간 카이는 어둠 속에서 반짝이는 한 쌍의 동공을 마주했다.

"의뢰주……."

"코, 코로나 님. 그간 건강하셨어요? 하하……."

안 그래도 몸이 안 좋아보이던 흑탑의 탑주, 코로나는 지난 두 달간 살이 더 빠져 보였다.

"후으으…… 으으으……."

부들부들 떨리는 손으로 카이의 어깨를 툭툭 두드린 코로나가 간절한 목소리로 물었다.

"이, 있잖아……. 한 번만…… 한 번만 죽이면 안 될까? 어차피 너 모험가잖아. 다시 부활하잖아."

"좀 곤란한데요……. 참아주시면 안 될까요?"

"어흐흐흑!"

코로나는 억울해 죽겠다는 듯, 자리에 풀썩 주저앉더니 엉엉 울었다.

"내가 그거…… 그거 만들겠다고 두 달 동안 하루 세 시간씩밖에 못 자고…… 밥 먹을 시간도 없어서 하루에 두 끼 밖에 못 먹고…… 그랬는데 한 번 죽이는 것도 허락 안 해준다고?"

"보통 안 해주는 게 정상이잖아요."

쩔쩔매며 한참이나 그녀를 달랜 카이는 코로나를 부축하며 자리에 앉혔다.

잠시 흐트러진 호흡을 가다듬은 코로나는 샐쭉한 눈으로 카이를 흘기며 품에서 반지함 하나를 꺼내 카이에게 던졌다.

툭.

"그럼 이게……?"

"두 달 전의 네가 원하던 괴물 같은 물건. 내가 수천 번이나 널 죽이고 싶게 만든 물건."

이어서 팔짱을 낀 그녀는 카이를 빤히 쳐다봤다.

"완성이야."

피곤이 가득 담겨있지만, 자부심이 철철 넘치는 그녀의 두 눈동자.

카이는 홀리기라도 한 듯, 조심스레 반지함을 열었다.

딸깍!

기분 좋은 마찰음과 함께 열린 반지함 사이로, 연한 보랏빛을 뿜어내는 영롱한 모습의 반지가 모습을 드러냈다.

옅은 보랏빛으로 이루어진 알 수 없는 금속은 마치 뱀이 똬리라도 튼 것처럼 엮이며 반지의 형상을 이루고 있었다.

'심플하지만…… 그래서 더 마음에 들어.'

언제는 외견에 신경을 썼었나.

침을 꿀꺽 삼킨 카이가 입을 달싹였다.

"아이템 감정."

[나이트 오브 나이트메어(Knight of Nightmare)]

등급 : 유니크

모든 스탯 +15

내구도 100/100

[특수 효과]

'스켈레톤 나이트 소환' 스킬 사용 가능.

소환된 스켈레톤 나이트는 시전자의 레벨에 영향을 받습니다.

휘하의 언데드가 적을 처치하면, 대상은 스켈레톤이 되어 시전자를 따릅니다.

　　재사용 대기시간 : 24시간.

　　"오오오……."

　　카이는 감격스러운 표정을 질질 흘리며 연보랏빛 반지를 어루만졌다.

　　'내가 원하던 효과들로만 이루어진 유니크 반지!'

　　사실 카이는 스켈레톤 나이트만 소환되어도 만족할 수 있었다.

　　하지만 파사낙스는 코로나가 자신에게 갚아야 하는 빚이 쉽게 사라지는 걸 곱게 보지 못했다.

　　결국 그의 앞에서 코로나를 괴롭히고(괴롭힌다고 쓰고, 협상이라 읽는다.) 또 괴롭힌 결과가 바로 이 반지!

　　'사제의 몸으로 언데드들을 소환하는 게 조금 눈치 보이긴 하지만…….'

　　헬릭은 초코 케이크를 사주면 가볍게 넘어가 줄 것이 분명했다. 그녀는 그런 면에서 제법 쿨한 존재였으니까.

　　"감사합니다. 제가 원하던 물건이 나온 것 같아요."

　　"몬스터 한 마리를 소환하는 아티팩트를 만드는 것도 고역이야. 그런데 그런 걸 만들어달라고 하다니…… 혼자서 전쟁이라도 치를 셈?"

"뭐, 가능하다면 그런 일은 피하고 싶었습니다만……"

반지를 손가락에 끼운 카이는 싱긋 웃어 보였다.

"이제는 오는 싸움 마다하지 않아도 되겠네요."

흑탑주 코로나와 작별한 카이가 향한 곳은 자신의 영지인 리버티아였다.

하지만 그는 도시로 가까워지면 가까워질수록 당황할 수밖에 없었다.

'사람들이 뭐 이렇게 많아?'

산을 타거나 숲을 넘는다면 모를까, 도로를 통해 리버티아로 들어가는 길은 단 하나뿐이다. 그리고 그 도로는 불과 10일 전까지만 해도 카이 혼자만이 드나들던 조용한 길.

하지만 지금은 도로를 걷는 사람들로 꽉 들어차 있어서 혼란스러울 정도였다.

"아니…… 고작 10일 정도 사이에 대체 무슨 일이 있었던 거야."

벙찐 표정으로 도시의 입구에 다다른 카이는 인파에 묻혀 자연스럽게 성채로 다가갔다.

'일단 내가 자리를 비운 사이에 완성은 되었구나. 성채.'

성채는 본래 카이의 구상대로, 루테리아의 축복을 받은 거목의 뿌리로 만들어져 있었다.

화염에 취약할 것 같은 외관과는 달리 화염 내성이 무척이나 강하며, 내구도가 상해도 계속해서 자라나기 때문에 딱히 보수를 할 필요가 없는 친환경 성채!

"음. 역시 요즘 세상은 에코 시스템이지."

돈이 굳었다는 생각에 흡족한 표정을 지은 카이는 성채에서 검문을 서고 있는 엘프와 인어들에게 다가갔다. 후드를 살짝 들어 올리자, 그들의 표정이 대번에 밝아졌다.

"카이 님! 돌아오셨군요!"

"가셨던 일은 잘 해결되셨습니까?"

"예. 덕분에요. 그나저나…… 대체 어떻게 된 겁니까?"

도시 안쪽을 흘긋 쳐다보니, 안쪽은 더욱 북적거렸다.

마치 축제라도 벌어진 것처럼 사람이 많았다.

그 모습을 지켜보던 엘프 문지기는 피식 웃으며 입을 열었다.

"도시가 완공되자 어떻게 알았는지 라시온 왕국에서 선물을 보냈습니다. 덕분에 소식이 퍼졌는지 여기저기서 상인과 모험가, 여행가들이 꾸역꾸역 밀려오더군요."

"말도 마십시오. 바빠 죽겠습니다."

"그렇게 된 거군요. 우선 도시부터 둘러보겠습니다. 들어가도 되죠?"

"어휴, 당연한 말씀을요."

별다른 제지 없이 검문을 통과한 카이는 조용히 도시를 둘러보았다. 자연과 어우러지며 시시각각 성장하는 리버티아의 모습은 10일 전과는 또 확연히 달랐다. 곳곳에 펼쳐진 엘프와 인어들의 가게는 굉장히 장사가 잘되는 중이었다.

'생각보다…… 엘프랑 인어들이 장사를 잘하네?'

아야나의 어머니가 그러했듯, 엘프들은 약초학이 매우 발달한 종족이었다.

당연히 리버티아의 엘프들이 판매하는 약초도 마찬가지!

내놓는 족족 매진이 되는 약초는 공급이 수요를 따라가기 벅찰 정도였다.

그렇다고 인어들이 기가 죽을 일은 없었다.

"크흠. 이 장비는 블루스틸로 이루어진 장비인데 말이야……."

"보물상자 한 번 열어보겠나? 뭐가 들어 있냐고? 나도 모르네. 심해에 묻혀 있던 걸 꺼내온 거라서. 보물이 들어 있을 수도 있고, 보드카 한 병이 들어 있을 수도 있지."

바다에서만 채굴되는 블루스틸로 만들어진 장비와 각종 아이템들!

그것을 구매하기 위해 줄을 서 있는 유저들은, 마치 최신형 스마트폰을 기다리는 이들과 흡사해 보일 지경이었다.

"꺄아, 사진 찍어주세요!"

"한 장당 1실버입니다, 아가씨들."

"전 두 장 찍을게요!"

그뿐만이 아니었다. 리버티아는 도시 자체가 본 적 없는 아름다움으로 가득 찬 장소. 거기에 엘프와 인어들은 기본적으로 모든 이들이 미남, 미녀였다.

당연히 이 소중한 장소에서의 기억을 사진으로 남기려는 이들이 많았고, 그 또한 고스란히 아인종들의 수익으로 직결되었다.

'여기까지만 해도 충분히 놀라운데……'

카이는 막 폭포수 엘리베이터를 타고 내려온 일단의 무리에게 시선을 던졌다.

'레벨 높아 보이네. 평균 레벨 260정도의 파티인가?'

그런 이들이 한, 두 팀이 아니었다.

그들은 마치 경쟁이라도 하듯, 서둘러 상인들이 세운 가판대에서 포션을 쓸어담기 시작했다.

"젠장. 주변 몬스터 놈들 뭐 이렇게 강한 거야?"

"오염된 몬스터라. 커뮤니티에도 등록되지 않은 놈들이야. 입소문이 퍼지기 전에 챙길 건 모두 챙기자고."

"시간 없어. 보니까 우리랑 경쟁하던 파티 애들도 이쪽으로 넘어오는 추세야. 조금이라도 격차를 더 벌려야 한다고. 물건은 최대한 빨리 구입해!"

카이가 일부러 남겨놓은 오염된 땅. 그곳에서 리스폰되는 오염된 몬스터들은 고레벨 유저들의 마음을 단번에 사로잡은 것이다.

게다가 그들은 엘프들의 약초나 상인들이 판매하는 포션

등을 흥정조차 않고 쓸어 담았다.

상인들이 가장 좋아하는 종류의 손님들!

그 모습을 멍하니 쳐다보고 있던 카이가 정신을 차렸다.

"잠깐…… 도시가 이렇게 호황이라면……? 영지 관리창."

[영지 관리]

이름 : 리버티아

등급 : D

인구 : 3,845명(이주 신청 17,150명. 계속 상승 중.)

월수입 : 329골드(예상. 계속 상승 중.)

"오오오……!"

F등급이었던 리버티아가 D등급으로 올라서 있었고, 이주를 원하는 NPC들은 1만 7천 명이 넘은 상태!

그뿐만이 아니라 0원이던 월수입은 무려 3천만 원이 넘는 거금으로 변모해 있었다.

'게다가 게임의 한 달은…… 현실의 10일이지.'

단순 계산으로, 이 영지 하나에서 벌리는 돈이 현실에서 월 1억에 달한다는 소리였다.

'아직 한참 성장하고 있는 도시라는 걸 감안하면…….'

첫 달의 결과라고 하기에는 말도 안 되는 대박이었다.

'이렇게만 계속 성장해 준다면, 딱히 내 돈을 써서 투자할 필요도 없잖아?'

리버티아가 창출해 내는 수익만으로도 도시 보수는 물론 중축까지 가능할 정도였다.

미운 오리였던 리버티아가 불과 10일 만에 황금알을 낳는 거위가 된 것이다.

얼떨떨한 표정으로 아름다운 도시를 지켜보고 있는 카이에게, 엘라니아와 카리우스가 다가왔다.

"정말로 돌아오셨군요."

"많이 놀란 눈치인걸."

"엘라니아, 카리우스."

자신이 없는 동안 도시를 이렇게 발전시켜 준 고마운 이들이다. 그들을 향한 카이의 눈빛은 더 없이 따뜻했다.

"도시가 그사이에 많이 변했죠?"

"예. 제가 구상만 해놓았던 것들이 실제로 반영된 모습을 보니…… 뭐랄까, 조금 뭉클하네요."

"앞으로 더 많이 발전할 걸세. 아직 자네의 의견이 전부 반영된 건 아니니까."

"그건 시간이 더 필요한 것들이니까요. 드워프들의 도움도 필요하고……."

한참 말을 나누던 도중, 카리우스가 카이의 등을 두드리며 물었다.

"껄껄. 그럼 이제 이곳에서 쭉 지내는 건가?"

"아. 그에 대해 드릴 말씀이 있는데…… 죄송하게도 또 급하게 가볼 곳이 있습니다."

"음? 아니 온 지 몇 시간이나 되었다고……."

카리우스가 섭섭한 표정으로 중얼거리자, 카이도 미안한 표정으로 거듭 사과했다.

"정말 죄송해요. 하지만 이번 일은 저도 정말 오랜 기간 동안 준비해 온 거라서요."

침공 이벤트. 페가수스 사가 곧 1주년을 맞이하는 미드 온라인을 위해 마련한 빅 이벤트다.

'아마 10대 길드들 중에서 도태하는 이들도 여기서 갈려질 거야.'

강민구 지사장이 귀띔해준 이야기에 따르면, 침공 이벤트는 애초에 길드들을 겨냥하여 만들어진 이벤트다.

'개인 유저들이 크게 활약할 방법이 없다는 뜻이겠지.'

하지만 자신은 다르다.

홀몸으로 웬만한 길드의 전력과 비등한 존재가 바로 카이. 그리고 그것은 코로나에게서 나이트 오브 나이트메어를 받으며 완성되었다.

'나도 침공 이벤트에서 최대한 이득을 얻어둬야지.'

그래야 이어지는 영지전 콘텐츠에서 유리한 고지를 점할 수 있을 테니까.

'페가수스 사가 머리 하나는 잘 쓴단 말이지.'

예고조차 없던 1주년 이벤트, 그리고 여기서 자연스럽게 이어지는 대형 업데이트들!

플레이어라면 좋아할 수밖에 없는 빅 이벤트를 연말에 두 개나 던져 주는 것이다.

크리스마스 연휴와 신년 연휴 동안 할 일 없는 유저들은 미드 온라인에 몸을 던질 터.

'이번 이벤트에서 내가 동원할 수 있는 비장의 패라고 해봤자……. 이번에 휘하에 들어오게 될 프레이 길드 정도인가.'

그 정도면 충분하다.

카이는 짧은 구상을 마치며 빙그레 미소를 지었다.

'욕심을 부리지 않는다면, 서로가 이득을 챙기는 최고의 이벤트가 되겠지.'

하지만 자신이 지닌 명예를 탐하고, 나아가 자신의 몰락을 바란다면 단언컨대 개인이든 단체든 최고의 지옥을 맛보게 될 것이라고 카이는 확신했다.

여느 때와 마찬가지로 미드 온라인에 접속하는 유저들.

그들을 기다리고 있던 화면은 평소와는 사뭇 달랐다.

'뭐야, 왜 갑자기 검은 화면이 떠?'

'렉…… 이 걸릴 리는 없는데?'

플레이어들은 처음 겪어보는 상황에 눈만 데굴데굴 굴렸다.

마치 암막 커튼을 사방에 둘러놓은 것처럼 한 점의 빛도 들어오지 않는 흑색의 화면. 그 적막감 속에서, 아주 희미한 소리가 귓가를 울리기 시작했다.

둥…… 두둥…… 둥…… 두둥.

북이나 장구를 일정하게 두드리는 것 같은 반복적인 리듬. 그러기를 잠시, 심장이 덜컥 내려앉을 정도로 묵직한 소리가 터져 나왔다.

부우우우우웅!

그것은 바로 전투의 시작을 알리는 뿔피리의 소리. 이어서 커튼이 젖히듯, 어두운 화면이 순식간에 한쪽으로 흘러내리며 사라졌다.

그 뒤에서 등장한 것은 격전이 벌어지고 있는 전장!

"죽여라!"

"더러운 몬스터 놈들이 국경선을 넘지 못하게 막아!"

"키에에에엑!"

수 만 명의 병사들이 검과 창을 휘두르고, 마법사들의 주문이 전장을 폭격했다.

그들이 상대하는 것은 다름 아닌 몬스터들의 군대!

휘이이이익!

카메라 시점이 빠르게 튀어나가며 치열하게 싸우는 이들의 사이사이를 스쳐 지나갔다.

그 끝이 보이지 않을 정도로 거대한 전장. 영상의 마지막은 인간과 몬스터의 우두머리가 서로를 향해 무기를 내지르며 끝을 맺었다.

다시 암전된 화면 위로 양각이라도 되듯, 천천히 문장이 각인되었다.

[Extra Ep.1 - 침공이 시작되었습니다.]

[페가수스. 12월 맞이 대규모 업데이트 깜짝 공개!]

[미드 온라인 1주년 기념 이벤트! 다가오는 15일, 내일부터 시작.]

[엑스트라 에피소드 침공. 과연 그 내용은?]

[페가수스, 침공 이벤트 영상 공개로 다시 한번 주가 폭등.]

페가수스는 유저와 원활한 소통을 하지 않는 기업이다.

오죽하면 불통의 아이콘이라는 별명이 붙어 있을 정도!

하지만 본인들이 하고 싶은 말이 생기면, 스위터나 페이스
노트를 통해 할 말은 꼭 했다. 이번에도 마찬가지였다.

[1주년 이벤트인 침공이 공개되었습니다. 재미있게 즐겨주시기 바
랍니다.]

정중하지만 짧은 포스트.

하지만 이 짤막한 문장에 유저들은 뜨거운 반응으로 화답
했다.

-계정 해킹 당하신거 아니죠?

-역시 페갓수스…… 연말에 이런 선물이라니. 산타 없다고 한 놈 누
구야?

-아니, 그런데 갑자기 이벤트라니? 좀 뜬금없네.

-쓰읍……. 연말에 가족들이랑 일본 온천 여행가기로 했는데……
취소하고 게임합니다.

└이벤트 대비 식량 좀 사놔야 할 듯.

-게임 접속했을 때 뜨는 인트로 영상 완전 대박이던데. 대체 이벤트
내용 뭘까요?

└아무래도 요즘 사냥터 문제가 불거지니까…… 몬스터 무한으로 사냥하게 해주는 거 아닐까요?

평소 사냥에 관심없던 플레이어들조차 영상에 매료될 정도로 반응은 뜨거웠다.

그 뜨거움은 카이의 심장을 데우기에도 적절한 온도였다.

"페가수스 쪽에서 아주 작정하고 만든 모양인데."

하긴, 자신에게 이 정보에 대한 소스를 흘린 게 벌써 몇 달 전이다.

그때 개발이 완료되었고 날짜만 조정 중이라고 했으니, 준비는 완벽할 터.

"그럼 나도 슬슬 움직여야겠어."

리버티아는 자신이 손을 대지 않아도 폭발적으로 성장하고 있다.

이미 엘프와 인어들을 볼 수 있는 유일한 도시라고 커뮤니티에 입소문이 퍼진 상태!

각 방송국의 PD들도 서둘러 프로그램을 편성하여 리버티아를 방문할 예정이라 공표했다. 물론 연예인이나 랭커들, 뮤튜브 스타들 중에서도 방문자가 속출하고 있었다.

'흐음. 그들의 지갑 속에 있는 돈은 다 내 꺼라는 소리구나.'

그 사실은 카이가 빠른 결단을 내릴 수 있게 만들어줬다.

"그럼 내가 더 이상 여기 있을 이유가 없지."

자신이 리버티아의 영주라는 사실이 밝혀져서 좋을 건 없으니까.

카이는 연락처 화면을 활성화 시켜 목록을 스윽 훑었다.

"연락처가 있었는데…… 아, 여기 있네."

[미네르바]

찾던 이름을 발견한 카이는 부드럽게 미소를 지었다.

엘프의 숲. 이제는 엘프들이 거주하지 않지만, 여전히 엘프의 숲이라 불리는 기묘한 장소.

카이는 그곳으로 미네르바를 불러냈다.

저벅저벅.

"오셨군요."

뒤쪽에서 들려오는 발자국 소리에 몸을 돌린 카이는 미소를 지었다. 그의 시야로, 태양교 문양이 그려진 사제복을 장비한 유저들이 들어왔다.

'뭐, 그보다 갑옷을 입고 있는 성기사가 더 많지만.'

카이의 입가에 떠오른 은은한 미소를 마주한 미네르바는 침착하게 자신의 길드원들을 제지한 뒤, 천천히 카이에게 걸어 왔다.

"……왜 부른 거죠?"

"정말 모르셔서 물으시는 건 아니겠지요?"

카이가 인상을 찡그리며 실망한 티를 내자, 미네르바가 한 숨을 내쉬었다.

"후우. 본단에서, 무려 교황령으로 명령이 떨어졌어요. 저에 게 광휘의 성기사인 당신을 성심성의껏 보좌하라고 하던 데…… 그쪽 짓인가요?"

"예, 뭐."

"저 건방진 자식이!"

"감히 미네르바 님을 뭘로 보고……!"

시원하게 인정하자 프레이 길드원들이 분노를 표출했다.

'그래. 저런 반응도 충분히 이해는 가지.'

그들의 눈에는 카이라는 존재가 악당 중의 악당으로 보여도 무리가 아니었다.

실제로 그는 미네르바가 히든 클래스인 성녀라는 점을 이용 하여 세계 10대 길드인 프레이를 이용할 생각이었으니까.

'내 제안을 거부하면, 프레이 길드는 골치 아픈 상황을 맞이 할 수밖에 없어.'

교황의 명을 거부한다는 건 곧 태양교를 적으로 삼겠다는 뜻이나 다름없다. 게다가 프레이 길드는 애초에 태양교를 기반으로 삼으며 성장한 곳. 그곳의 NPC들과의 우호도가 대폭으로 깎이면 10대 길드의 자리조차 위태로워진다.

한마디로⋯⋯.

'내 제안을 받아들일 수밖에 없다는 소리지.'

그 예상은 적중했다.

"⋯⋯원하는 게 뭐죠?"

"똑똑한 분이니 상황은 파악하셨을 거라 믿습니다."

"그래서요? 저희가 일구어놓은 이 길드를 홀라당 당신에게 바치라는 소리인가요? 부끄럽지도 않으세요?"

"부끄럽냐고요? 아니, 전혀요?"

카이가 능청스러운 표정을 지으며 어깨를 으쓱거리자, 미네르바가 고운 입술을 깨물었다.

"광휘의 성기사. 저희도 나름대로 조사를 해봤어요. 교단 내에서도 극비 정보로 분류되어 제 권한으로도 열람이 안 되더군요. 대단한 직업이라는 건 알겠어요. 함께 태양교에 소속된 플레이어로서 축하를 드릴 일이구요. 하지만 그 위치를 이용해 저희 길드를 삼키려고 하시면 이야기는 달라지지요."

"후우."

가볍게 한숨을 내쉰 카이는 무심한 눈으로 그녀를 쳐다보았다.

'그래. 여기서 내가 챙겨줘야 할 건 하나.'

어차피 그녀는 교황의 명령을 거부하지 못한다.

하지만 곧이곧대로 자신에게 끌려다니면 길드 마스터로서의 체면이 말이 아니게 될 것이다. 그러니 자신이 여기서 챙겨줘야 하는 건, 그녀의 자존심이었다.

"……아까부터 대화의 핀트가 안 맞는다 생각했는데, 아주 큰 오해를 하고 계시네요."

검지를 들어 그녀의 말을 끊은 카이가 입을 열었다.

"제 위치를 이용하여 교황님께 부탁을 드린 건 인정합니다. 덕분에 미네르바 님은 저를 도와주셔야 하는 상황이 되셨지요."

"고분고분 따를 거라 생각하나요?"

카이는 미네르바의 블러핑에 우스운 마음밖에 들지 않았지만, 애써 고개를 흔들었다.

"그럴 리가요. 미네르바 님이 어떻게 세계 10대 길드를 일구어냈는지 잘 압니다. 교황님께서 어떤 식으로 의견을 전달하셨는지는 모르겠지만, 전 프레이 길드 여러분과 우호적인 관계를 맺고 싶을 뿐입니다."

"……그게 전부인가요?"

미네르바가 여전히 풀리지 않는 경계심을 표출하며 카이를 훑었다.

하지만 그녀의 눈에 보이는 건 여전히 은은한 미소를 짓고 있는 사람 좋아 보이는 얼굴뿐.

"물론이지요. 아무래도 태양교 내부에서 제 직급이 높기에 교황님께서 오해를 하시고 보좌하라는 식으로 얘기한 것 같습니다. 다시 한번 제안드리지요. 이번 침공 이벤트. 저와 함께 손을 잡아보시지 않겠습니까?"

수직 관계가 아닌 수평 관계라는 것을 인지시켜준 뒤, 그녀에게 순순히 선택권을 내어준다.

그 사실 하나만으로도 미네르바에게는 '명분'이 생겼다.

'길드원들이 지켜보고 있는 자리야. 그리고……'

'어떤 대답을 할지는 그녀에게 달려 있지. 한마디로.'

그녀도 바보는 아니었기에 카이의 속마음 정도는 당연히 꿰뚫고 있었다.

'여기서 내가 거절을 하면 그때도 이렇게 신사적이지는 않을 거야. 교황에게 달려가겠지.'

'미네르바가 여기서 거절을 하면 그때는 강압적인 방법을 쓰면 그만이야.'

중요한 건 겉으로만 보면, 카이가 제안을 하고 미네르바에게 선택권이 주어진 것처럼 보인다는 것이다. 그것이 세계 10대 길드 마스터이자, 성녀 클래스로 유명한 그녀의 자존심을 세워주었다.

"음……."

잠시 고민하는 척을 하던 미네르바는 카이를 빤히 쳐다보더니 천천히 입을 열었다.

"대답에 앞서 한 가지 묻겠어요. 언노운…… 아니, 카이 당신이라면 굳이 길드와 손을 잡지 않아도 혼자서 이벤트 진행이 가능할 텐데요? 게다가 당신은 천화와도 친분이 있는 것으로 알고 있어요."

"물론 혼자서도 이벤트를 할 수 있고, 이번에도 천화와 손을 잡을 수도 있습니다. 하지만 전 태생적으로 떠돌이. 한 곳과 계속해서 손을 잡으면 이미지가 굳어져요."

"아."

카이의 말 한 마디에 미네르바는 납득을 끝냈다.

그건 대화 내용을 듣고 있던 프레이 길드원들 또한 마찬가지였다.

'기회만 찾아오면 상대가 누가 되었든 손을 잡을 수 있는 사람.'

'일종의 자유 용병처럼 활동을 하겠다는 소리인가?'

'홍. 한 마디로 박쥐 짓을 하겠다는 거군. 여기 붙었다가, 저기 붙었다가.'

'우리에게도 나쁜 제안은 아니야. 언노운, 카이라는 이름은 아직까지 미드 온라인에서 가장 뜨거우니 그와의 콜라보라면 이번 이벤트에서 상당한 이득을 취할 수 있겠지.'

빠져나갈 구멍은 없지만 이해관계는 제법 일치한다.

'무서운 사람. 단순히 싸움만 잘하는 것이 아니야.'

미네르바는 자신의 길드원들이 보지 못하게끔 표정을 살짝 찡그리면서 오른손을 뻗었다.

"이번 이벤트, 한 번 멋있게 먹어봐요."

"예. 앞으로도 종종 잘 부탁드리겠습니다."

프레이 길드. 세계 10대 길드 중 한 곳에 무사히 목줄을 채운 카이는 진심에서 우러나오는 미소를 지었다.

시린의 사원. 최소 280 레벨의 몬스터가 나오는 사냥터로, 이곳에서 활동이 가능한 이들은 몇 되지 않는다.

기껏해야 세계에서 100명 정도.

끼릭끼릭. 그으으응. 그으으으응.

"지금이다. 이동해."

사냥터를 돌아다니며 주기적인 소음을 내뱉는 사원 골렘.

침입자를 찾아다니는 놈들을 피해 사원의 내부로 들어선 일련의 무리가 있었다.

그 수만 무려 다섯 명. 그리고 그들을 기다리고 있던 이들의 수 또한 다섯 명이었다.

"먼저 불러놓고 늦게 오다니. 장난하나?"

"약속 시간에 늦진 않았다. 서로 시간이 생명인 걸 아니까."

툭툭.

어깨에 묻은 먼지를 털어낸 유저는 쓰고 있던 로브의 후드를 벗었다.

그 너머로 드러난 건 미드 온라인을 좀 한다 싶은 유저라면 모를 리 없는 얼굴. 타이탄 길드의 골리앗이었다.

"전화로 이야기를 할 수도 있을 텐데. 귀찮게 왜 여기까지 오라고 한 거지?"

골리앗을 기다리고 있던 남자는 살짝 짜증이 섞인 목소리로 말했다.

골리앗은 큼직한 입술을 주욱 찢으며 웃었다.

"하. 목소리만 듣고 네놈을 믿으라고? 그럴 수가 있나."

"얼굴을 보면 무언가 달라질 거라 생각하나."

"전화 통화보다는 낫겠지."

"네놈이 중요한 이야기라고 거듭 강조해서 직접 움직인 거다. 만약 시답잖은 이야기라면…"

"그런 걱정은 하지 말라고. 우선 하나 묻지. 이번 이벤트. 후에 어떤 식으로 연결될 거라 생각하나."

"……?"

골리앗의 저의를 파악하기 위해, 남자는 눈을 가늘게 떴다.

"무슨 뜻이지?"

"서로 눈치 보지 말고 시원하게 까자고. 난 이번 이벤트가 후에 있을 공성전, 영지전과 관련이 있을 거라 생각한다."

돌려 말하는 걸 싫어하는 듯, 직설적으로 의사를 전달한 골리앗. 상대편 남자는 가만히 생각을 하더니, 천천히 고개를 끄덕였다.

"아무래도 진심인 것 같군그래. 침공 이벤트 영상에서 나온 몬스터의 수는 인간들보다도 많았다. 죽어 나간 NPC병사들의 시체도 셀 수 없을 정도였지."

"분명 몬스터에게 침공당해 멸망하는 도시와 마을들이 우후죽순으로 생겨날 테야."

"그리고 그 땅은……."

"먼저 주변의 몬스터들을 섬멸하고, 민심을 잡는 모험가에게 주어질 공산이 크겠지."

그건 두 사람의 길드 정보부가 파악한 향후 게임의 방향성이었다.

'세계 10대 길드의 정보부가 지닌 정보 파악 능력은 절대 우습게 볼 수 없지.'

'한 곳이라면 모를까. 두 곳이 같은 결론을 냈다는 건…….'

'십중팔구는 들어맞는다는 소리다.'

침공 이벤트의 다음에는 말 그대로 춘추전국시대가 열릴 것이다!

서로의 정보부가 내놓은 결과를 공개한 두 사람은 확신에 찬 듯, 고개를 끄덕였다.

골리앗이 다시금 입을 열었다.

"그러니 먼저 제안을 하지. 침공 이벤트 때 우리를 도와주면, 영지전에서 너희를 도와주겠다."

"웃기는군, 우리 길드가 도움을 받을 정도로 나약하다고 생각하지는 않는데."

"물론 그렇겠지. 하지만 다른 10대 길드와의 정면 승부에서 승리를 확신할 수 있나? 타이탄 쪽에서 힘을 실어주면 패배란 없을 것이다."

세계 10대 길드 사이의 암묵적 동맹!

서로 잘난 맛에 사는 이들치고는 이례적인 일이었다.

물론 여태 이런 일이 성사되지 않았던 건 먼저 고개를 숙이고 제안을 하는 이가 없었기 때문. 그 사실을 누구보다 잘 알고 있는 남자는 고개를 갸웃거리며 물었다.

"……침공 이벤트에서 우리가 도와줄 일이 어디 있지?"

"언노운, 아니, 카이."

골리앗이 활화산처럼 뜨거운 눈길을 뿜어내며 이를 갈았다.

"너희들은 지난 비르 평야 전투에 참여하지 않아서 실감하지 못할 것이다. 놈이 지닌 힘을."

"또 그 소리인가? 이미 충분히 실감하고 있다. 위협적이라는 것도 알고 있어. 하지만 그래 봤자 놈은……."

"아니, 그런 생각을 하고 있다는 것부터 방심을 하고 있다는 소리다."

골리앗의 생각은 확고해 보였다. 실제로 그는 지금 이 게임에서 가장 강력한 변수를 카이라고 생각하고 있었다.

'유하린. 그 괴물 같은 여자는 포섭의 대상이었지, 적대의 대상은 아니었어.'

골리앗은 개인적으로 그녀의 기량이 카이보다 훨씬 우위에 있다고 생각했다.

그럼에도 불구하고 그녀를 적대하지 않은 이유는 간단했다.

'그녀는 개인이니까.'

솔로 플레이. 그 어느 세력에도 소속되지 않고, 어느 세력도 거느리지 않은 채 홀로 돌아다니는 존재. 그녀는 유저였지만, 마치 절대적인 실력을 지닌 NPC처럼 여겨졌다.

그 때문에 세계 10대 길드는 그녀와 친하게 지내려고 노력했을지언정, 적대하지는 않았다.

하지만 카이는 다르다.

'놈은 위험하다.'

얼핏, 카이는 유하린과 비슷한 행보를 걷고 있는 듯하다.

하지만 그는 비르 평야 전투에서 숨겨진 패를 두 개나 꺼내

보였다.

'광휘의 성기사라는 직업. 그리고…… 엘프와 인어들.'

골리앗은 광휘의 성기사라는 직업에 대해서도 따로 조사를 하도록 정보부에 명했다.

하지만 불행하게도 알아낸 사실은 그리 많지 않았다.

하지만 그 직업이 교단에서 얼마나 숭배받고 있는지는 여실히 알 수 있었다.

'놈은 분명 태양교 본단과도 끈끈한 유대 관계를 가지고 있겠지. 성녀인 미네르바 정도까지는 아니겠지만…… 여차하면 태양교에 지원을 요청할 수도 있어.'

태양교와 아인종. 그 두 세력을 등에 업은 것만으로도 놈은 요주의 인물이다.

"그 자리에 있던 길드 마스터들은 모두 놈의 위험함을 깨달았다. 캐서린은 상황을 지켜보겠다고 선언했고, 발칸 녀석은 정정당당하게 승부하겠다는 유치한 소리를 하더군. 다른 녀석들도 모두 마찬가지다. 겁쟁이들뿐이지. 움직일 용기조차 없는."

"이야기만 들어보면 너 하나만이 용기 있는 사람이로군그래."

"틀린 말은 아닐 거다."

골리앗의 당찬 표정을 쳐다보던 남자가 잠시 고민을 이어 갔다.

'여기서 타이탄의 제안을 받아들이면……'

영지전을 치를 때 세계 10대 길드 하나의 도움을 받을 수가 있다. 그 말은 자신이 원하는 영지 하나를 무조건적으로 획득할 수 있다는 뜻이 된다.

'나쁘지는 않아. 하지만 그전에……'

계약은 확실하게…….

남자는 깐깐한 목소리로 골리앗에게 물었다.

"정확한 요구 사항을 듣고 싶다. 네놈이 언노운에게 분노를 느끼고 있다는 건 알겠어. 그래서 뭐, 나보고 어떻게 도와달라는 거지?"

"이번 침공 이벤트는 숫자가 많은 쪽이 압도적으로 유리할 것으로 보인다."

"아하! 그래서 날 찾아오셨군."

남자가 씨익 웃었다.

골리앗의 말이 맞았다. 영상만 봤을 때 침공 이벤트는 대다수의 몬스터들이 인간의 왕국을 침공하는 내용이다.

'그렇다면 그 어느 곳도 아닌, 나의 손을 잡는 게 확실하겠지.'

왜냐하면 그는 세계 10대 길드 중에서도 가장 덩치가 크다고 일컬어지는, 중국의 흑룡 길드 마스터.

쟈오 린이었으니까.

"내용을 조금 더 자세하게 이야기해 봐라."

쟈오 린의 마음은 이미 한쪽으로 기울었다.

그렇지 않아도 원하고 있던 도시가 하나 있었기 때문이다.

침공 이벤트의 몬스터가 어디에서 나오는가.

그에 대한 의견은 굉장히 분분했다.

혹자는 바다에서 나올 것이라고 했으며, 혹자는 땅을 파고 나올 것이라고 했다.

모두 틀렸다.

"저게 뭐야?"

"저건…… 영화 스타트렉 같은데 나오는 워프 게이트처럼 생겼는데?"

게이트(Gate). 몬스터들은 보라색으로 일렁이는 원형의 구멍에서 흘러나왔다.

게이트가 출현한 장소도 매우 생뚱맞았다.

"뭐, 뭐야!"

"이게 게이트라고?"

"아니 근데 왜 이딴 곳에……?"

멀쩡하게 사냥을 하고 있던 사냥터는 물론, 평범하게 다른 도시로 가는 길목에서도 생성되었다.

하지만 더욱 충격적인 부분은 따로 있었다.

"왜 게이트가 저기서 생겨……?"

"성채 바로 옆이라니……!"

"젠장! 마을은 안전지역 아니었냐고!"

"내가 왜 휴식하러 온 장소에서 왜 전투 준비를 해야 하는
지……."

몇몇 마을들의 코앞에서 생성된 게이트!

그곳에서 쏟아져 나온 몬스터들은 하나같이 굶주린 상태였
다. 때문에 그들이 다짜고짜 성채를 공격한 것은 우연이 아닌
필연이라고 할 수 있다.

동시에 이벤트가 시작되었다.

띠링!

[Extra Ep.1 침공이 시작되었습니다.]

[플레이어 분들은 몬스터를 처치하고, 게이트를 닫아주십시오.]

[대륙 전역에 생성된 게이트는 상, 중, 하 난이도로 분류되어
있으며, 총 1,500개가 존재합니다.]

[몬스터와 게이트를 닫아서 획득한 포인트는 이벤트 NPC에게
상품으로 교환할 수 있습니다.]

물론 사전에 이벤트를 개최하겠다고 공표를 하기는 했지만,
그럼에도 불구하고 침공은 갑작스럽게 이루어졌다.

덕분에 커뮤니티는 폭발적인 반응은 물론, 정말로 서버가 맛이 갈 정도로 혼잡해졌다.

"이런……!"

발등에 불이 떨어진 건 카이도 마찬가지였다. 그는 자신의 안일했던 생각을 후회하며 커뮤니티 창을 띄웠다.

'우선 내가 지켜야 할 곳은…….'

가장 먼저 리버티아. 자신과 밀접한 관계를 지닌 NPC들이 가장 많이 살고 있는 곳이며, 자신의 영지이기도 하다.

하지만 이곳은 최우선적으로 지켜야 할 장소 중 하나일 뿐, 전부는 아니었다.

'내가 거쳐 왔던 마을들…….'

초보자 시절을 보냈던 다양한 마을들은 물론이고, 분타 촌 장이나 대장장이 막심이 거주하는 프리카. 후이 관장이나 아 르센 남작이 통치하는 글렌데일. 심지어 아야나 일가족이 살 고 있는 화이트홀까지!

카이의 머릿속으로 자신과 인연이 닿았던 NPC들의 모습이 생생하게 떠올랐다.

"우선 확인부터."

당황할수록 침착해야 한다. 아버지와 어머니로부터 누누히 들어왔던 말이었다.

'바쁘고 위험에 빠질 때일수록, 머리는 차갑고 가슴은 뜨겁

게 행동해야 해.'

카이는 몇 번이나 새로 고침을 한 뒤에 접속한 커뮤니티를 빠르게 둘러보았다.

[충격! 대도시 바란 인근, 상급 게이트 2개 오픈. 치열한 접전 중.]
[도시 니올란 함락! 상급 게이트의 위력을 엿볼 수 있는 사건……]
[하급 게이트. 평균 레벨 57의 모험가 길드에 의해 닫혀지다.]
[침공은 단순히 보상을 쟁취하는 이벤트가 아니다. 이것은 자신의 추억을 지키는 이벤트.]

수많은 기사들이 초마다 새롭게 갱신되었다.

그 많은 기사들과 유저들의 게시글을 검색한 카이는 빠르게 고개를 끄덕였다.

'우선 리버티아는 안전해. 루테리아의 가호 덕분인가?'

리버티아는 세계수 루테리아가 축복을 내렸기 때문인지, 게이트가 나타나지 않았다. 덕분에 리버티아는 안전.

다만……

'프리카에 하급 게이트 하나가. 글렌데일에는 하급 하나와 중급 하나. 그리고…'

아직 보수 공사가 한창인 화이트홀에는 무려 상급 게이트가 출현했다.

'게다가 바란 영지라면 내가 나중에 가야 하는 곳이잖아.'

글렌데일의 영주인 아르센 남작은 바덴 성의 백작에게 자신의 추천장을 써준 바가 있다.

그렇지 않아도 조만간 방문할 생각이었는데…….

'바란은 아직 망해선 안 돼.'

그렇다면 바란까지 자신이 지켜야 한다.

복잡한 상황 때문에 골머리를 썩이고 있던 카이에게 한 통의 메시지가 도착했다.

-미네르바 : 어디부터 공략하실 생각이세요?]

그녀의 물음에 잠시 고민을 하던 카이가 천천히 가상 키보드를 두드렸다.

-카이 : 프레이 길드는 대도시 바란으로 가주십시오.

-미네르바 : 카이 님은 합류하시지 않나요?

-카이 : 저는 이어서 합류하겠습니다.

프레이 길드가 바란을 수성하는 사이, 다른 마을과 도시 인근의 게이트를 모두 파괴하는 것.

그것이 카이의 목표였다.

57장 +
영웅 출현

프리카 마을은 평소와는 다르게 굉장히 부산스러웠다.

"젠장! 통나무 더 가져와!"

"벽돌이랑 가구도! 아니, 뭐라도 쌓을 수 있는 건 전부 가져와서 벽을 만들어!"

매우 분주하게 움직이는 플레이어와 NPC들. 평화롭던 산골 마을이 이렇게 바빠진 건 인근에 게이트가 열리면서였다.

그곳에서 흘러나온 몬스터들은 마을을 향해 직선으로 돌진했으니까.

"선발대가 놀의 평원에서 몬스터들을 막고 있는 동안, 성채를 증축시켜야 해."

붉은 노을 길드의 마스터인 토반이 성채 증축을 지휘하는 동안, 그의 동생인 아우는 몇몇 길드원을 데리고 중앙 광장으로 향했다.

그곳에는 이미 지역 커뮤니티의 공지를 읽고 모인 유저들이 빼곡히 들어서 있었다.

"크흐흠."

목을 가다듬은 아우는 아주 자연스럽게 입을 열었다.

"여러분 모두가 알다시피 현재 미드 온라인은 침공 이벤트가 진행 중이다. 그리고 재수 없게도…… 우리의 마을인 프리카 근처에 하급 게이트가 생성되었어. 손 하나가 모자란 상황이니 다들 전투를 준비하도록."

마치 당연한 것을 맡겨놓은 사람처럼 당당한 말투와 고압적인 시선. 이에 유저들이 어이없음과 불쾌함을 드러내는 건 당연한 일이었다.

'하? 평소에는 길드원도 아닌 우리를 개돼지 취급했으면서, 이럴 때만 우리의 마을이라고?'

'그리고 뭐? 준비하도록? 내가 제 부하야 뭐야.'

'그냥 확 떠나 버려? 마을이 망해 버려서 저놈들도 제대로 엿 먹었으면 좋겠는데…….'

불만 가득한 유저들의 분위기를 파악한 마법사, 아칸은 아우의 어깨에 손을 올리며 속삭였다.

"유저들 분위기가 안 좋아요. 누누이 말했잖습니까. 그렇게 강압적으로 나가면 대체 누가 말을 듣겠……"

"아! 거 참, 시끄럽네."

획!

자신의 어깨를 올려진 아칸의 손을 뿌리친 아우가 인상을 찡그렸다.

"예전부터 생각한 건데, 넌 네가 마치 뭐라도 된 것처럼 행동하는 경향이 있어. 이 길드는 우리 형의 길드라고."

"……그리고 전 그 길드의 참모입니다."

"이이……."

할 말을 찾지 못한 아우가 뿌득, 이를 갈았다.

언제부터였을까.

'그래……. 분명 카이, 그 빌어먹을 사제 새끼랑 엮였을 때부터였어.'

압도적인 전력을 데리고 척살에 임한 아우는 멍청한 실수를 저질러 일을 그르쳤다.

'그 사건으로 인해 나는 완전 무능한 놈으로 찍혔고…… 이 새끼는 그 날부터 승승장구…….'

아칸은 똑똑하다. 그건 초보자 시절부터 함께 사냥을 해왔기에 그가 누구보다 잘 알고 있었다.

하지만 아우는 그가 똑똑한 머리로 자신을 받쳐주기를 원했지, 자신을 앞질러 길드의 요직을 차지하는 것을 원하지는 않았다.

"이건 형이 나에게 맡긴 일이니 신경 꺼."

"하지만 계속 그런 고압적인 말투로 명령한다면 최악의 사태 가……."

"내가 애새끼도 아니고, 그 정도 사리분별도 못 할 줄 알아?"

신경질적으로 말을 내뱉은 아우는 마음에 들지 않는다는 표정으로 유저들을 둘러보았다. 과연 아칸의 말대로 불만이라는 두 글자를 얼굴에 써놓은 듯한 몰골들.

아우가 혀를 찼다.

'쯧…… 게이트가 생성되기 전까지는 눈도 잘 못 마주치던 것들이…….'

지금은 무슨 말을 하는지 구경이라도 해보자는 듯 자신을 빤히 쳐다보고 있었다.

아우는 그런 상황 자체가 마음에 안 들었지만, 심호흡을 통해 마음을 안정시킨 뒤 말했다.

"후우. 좀 부탁한다? 그리고 우리 길드만 좋은 이야기는 아닐 거야. 이거 이벤트라고. 참여해서 몬스터 죽이고 게이트 닫으면 공헌도도 획득할 수 있고, 프리카 마을의 우호도도 대폭 올라갈 거야. 앞으로도 이곳에서 활동할 거라면……."

"아, 됐고, 부탁을 할 거면 먼저 사과부터 하는 게 예의 아닌가?"

흔히 졸업반이라고 불리는, 조만간 프리카 마을을 떠나려던 유저 하나가 귀를 후비며 말했다.

"솔직히 붉은 노을 길드, 평소에 진짜 거슬렸거든. 세트 아이템 공장이나 돌리는 놈들이 어깨에 힘 빡 주고 다니면서 일반 유저들 괴롭히는 거 짜증 난다고."

"맞아! 그리고 멀쩡한 붉은 놀 치프 사냥 순번은 왜 너희가 정하는데?"

"쥐꼬리만 한 길드가 필드 통제하는 것도 슬슬 짜증 나던 참이었고……."

한 번 불만이라는 물줄기가 새어 나오자, 둑이라도 터진 것처럼 우수수 쏟아진다. 그리고 아우는 이런 상황에 유연한 대처를 할 수 있을 만큼 유능한 인물이 아니었다.

결국 그가 택한 방법은…….

"전부 시끄러워! 이게 뭐 우리만 좋자고 하는 일이야? 우리의 마을을……!"

"우리의 마을? 이게 왜 우리 마을이야? 느그 마을이지. 너나 열심히 지켜라. 어차피 여기 졸업할 때도 됐는데, 잘됐네."

"30레벨 이후 사냥터가 여기만 있는 것도 아니고, 아니꼬워도 이동하는 시간이 아까워서 참으려고 했는데, 정나미가 떨어져서 내가 간다, 내가 가."

"절이 싫으면 중이 떠나야지 어쩌겠어."

"캬악 퉤!"

광장에 모여 있던 한 명의 유저가 코웃음을 치며 자리를 떠나자, 다른 이들도 우르르 이동하기 시작했다.

"어? 어어……?"

멍하니 그들이 떠나가는 모습을 바라보던 아우는 당황한 표정을 숨기지 못했다.

'평소 같았으면…….'

그래, 평소. 평소에는 프리카 마을을 장악하다시피 한 붉은 노을 길드의 힘이 강대했다. 얼마나 대단하냐면, 길드 마스터 토반의 손짓 하나면 무한 척살을 당할 수 있을 정도.

하지만 침공 이벤트로 인해 마을 근처에 하급 게이트가 열리자, 상황은 바뀌었다.

"쯧."

아랫입술을 깨문 아칸은 인상을 찡그리며 길드 메신저창을 두드렸다.

'하급 게이트를 닫으려면 유저들의 도움이 절대적으로 필요한데…….'

붉은 노을 길드는 붉은 놀 세트를 양산하기 위해 꾸려진 길드, 일종의 기업이나 다름없다. 때문에 혹시 모를 배신자나 산업 스파이를 미연에 방지하기 위해 소수 정예로 운영되었다.

그 수는 겨우 30여 명.

아무리 프리카 근처에 생성된 게이트의 등급이 하급이라도, 30명의 유저가 닫을 수는 없다.

"아우!"

아칸의 보고를 듣고 상황을 전달받은 토반은 황급히 광장에 도착했다.

"멍청한 새끼!"

자신의 동생을 다그친 그는 빠른 속도로 마을을 떠나는 유저들을 보며 아랫입술을 깨물었다. 그러기를 잠시. 마치 모든 걸 내려놓은 것처럼 쓴웃음을 지은 그는 천천히 눈을 감았다.

본능적으로 깨달은 것이다.

'⋯⋯망했구나.'

이미 상황은 돌이킬 수가 없다는 것을.

가족이라고 동생을 믿은 것도 그의 큰 실수 중 하나였다.

설마 이렇게 간단한 일조차 못 할 줄이야.

헛웃음을 몇 차례 터뜨리던 토반이 눈을 뜨자, 그 속에선 광기가 새어 나오고 있었다.

"그래도 곱게 보내줄 수는 없지. 우리만 죽을 수는 없잖아, 안 그래?"

어차피 붉은 노을 길드 30명에서 마을을 지키는 건 불가능하다. 그렇다면, 복수라도 할 수밖에.

"······응?"

프리카의 산기슭을 달려 내려가던 카이가 인상을 찌푸렸다.

'······주세요!'

태양의 사제로 완벽하게 전직을 한 카이의 신체는 극도로 예민해졌다. 그것은 청각 또한 마찬가지.

아주 예민해진 귓등에 자그마한 소리가 다가와 부딪치는 것이 느껴졌다.

"게이트가 저쪽인가?"

위치를 가늠한 카이의 몸놀림이 더욱 빨라졌다.

안 그래도 가파른 산을 질주하듯 달리던 카이의 몸은 바람처럼 산을 타고 내려갔다. 엄청난 속도로 산길을 주파한 카이는 소리의 근원지로 도착할 수 있었다.

"······유저들이잖아?"

두 눈을 크게 뜬 카이는 눈앞의 알 수 없는 광경에 고개만 갸웃거렸다.

'게이트가 코앞인데······ 왜 유저들끼리 PK를 해?'

게이트에서 흘러나온 몬스터들까지 한데 섞여 그야말로 개판이나 다름없는 상황!

잠시 상황을 지켜보던 카이는 쓰러져서 헐떡거리는 유저에게 다가갔다.

"힐."

화아아아악!

신성한 빛으로 그녀를 회복시킨 카이가 전장을 처다보며 물었다.

"죄송한데 상황 좀 설명해 주시겠습니까? 도무지 이해가 안 되서요."

유저들끼리 힘을 합쳐서 몬스터를 무찔러도 모자랄 판에, 서로 싸우고 있다니?

자신을 치료해 준 것에 고마운 눈빛을 띄운 여성 유저가 입을 열었다.

"붉은 노을 길드예요. 프리카를 거점으로 삼고 있던 유저들이 그들을 도와주지 않겠다고 선언하자, 마을을 떠나는 저희의 뒤를 다짜고짜 공격했어요. 완전히 미친놈들이에요!"

"……하?"

붉은 노을. 정말 오랜만에 듣는 이름이다.

동시에 카이의 입가로 비릿한 미소가 걸쳐졌다.

"아아! 있었죠. 그런 이름을 지닌 길드가. 제법 그리운 이름이네요."

생각해 보면 그들 덕분에 태양의 사제라는 직업을 획득하긴 했지만 당시 자신이 느꼈던 서러움과 억울함, 그리고 개인이라는 한계를 이겨내지 못하고 도망치듯 마을을 벗어나야 했던 수치심.

그 모든 것들은 한때 카이가 밤잠을 설칠 정도의 고통을 선사해 주었다.

'확실히…… 어느 정도 힘이 생긴 뒤에는 복수할 생각을 안 하고 있었어.'

아니, 정확히는 신경 쓸 겨를도 없었다는 말이 맞으리라.

카이는 이제 시골 마을에서 양아치 짓이나 하는 이들과 엮이기에는 너무나도 유명한 존재가 되었으니까.

'세계 10대 길드 녀석들 눈치 살피는 것도 바빠 죽겠는데, 붉은 노을 따위한테 쏟을 시간이 어디 있어?'

하지만 계속 잊고 있었다면 모를까, 원수들이 눈앞에 있는데도 넘어갈 위인은 아니었다.

카이는 무엇에 홀리기라도 한 듯, 천천히 치열한 전장을 향해 걸어갔다.

스릉.

부드럽게 뽑아낸 롱소드는 그대로 붉은 노을 길드원의 가슴에 틀어박히며 그를 현실로 돌려보냈다.

'붉은 노을, 붉은 노을.'

놈들을 찾아내는 건 그리 어렵지 않았다.

프리카 마을에 거주하기에는 비정상적으로 레벨이 높은 놈들, 그리고 가슴에 붉은 노을 엠블렘을 달고 있는 놈들.

그런 특색 있는 놈들만 찾으면 되었으니까.

"우선 한 놈."

스르릉!

여명의 검법이 고급으로 올라가면서 카이의 검술도 굉장히 아름다워졌다.

검술이 아름다워졌다는 건, 검을 휘두를 때, 적을 벨 때의 소리. 모든 것이 제법 숙련된 기사처럼 고상해졌다는 뜻.

하지만 현재 카이의 힘은 고상과는 거리가 멀었다.

콰드드드드득!

마치 오래된 차가 폐차장에서 기계에 의해 찌그러지는 것처럼, 학생들이 다 마시고 난 우유갑을 발로 밟아 우그러뜨리는 것처럼. 카이의 검은 한때 자신의 적이었고, 원수였던 이들을 난폭하게 물어뜯었다.

검이 한 번 휘둘러질 때마다, 맹수가 할퀴고 간 것처럼 그들의 방어구가 찢겨 나갔다.

"뭐, 뭐야! 저 새끼는!"

"고, 공격력이 왜 저래? 겨우 한 방을 허용했는데 탱커가 죽는다고?"

"대체 저런 괴물 새끼가 왜 이런 곳에……?"

"……."

자신이 아무리 진실을 부르짖어도 저들이 대답을 해준 적 없듯. 카이는 의문에 대꾸해 줄 필요를 느끼지 못했다.

그저 무정하게 검을 휘두를 뿐.

서걱, 서걱!

날붙이가 부딪치며 시끄럽던 전장이 점점 조용해지기 시작했다.

붉은 노을 길드원들은 위기감을 느끼며 한쪽으로 뭉쳤고, 다른 유저들은 슬금슬금 뒤로 물러났기 때문이다.

오직 몬스터만이 시끄럽게 떠들며 그들의 뒤를 쫓았다.

"……."

카이는 침을 꿀꺽 삼키며 자신을 바라보는 붉은 노을 길드원들을 쳐다보았다.

'저번에 그 못생긴 탱커도 있고……'

아칸이라는 재수 없는 마법사도, 그리고 그 녀석의 친구인 궁수도 확실하게 있다.

게다가 토반. 붉은 노을 길드의 마스터인 녀석의 얼굴조차 똑똑히 보인다.

'복수는 허무하다, 라고 했나.'

누가 한 말인지는 모르겠지만, 그 말이 맞을지도 모른다.

한 때는 제법 경계하고, 조심스러워하던 녀석들이 이렇게나 작아 보일 줄이야.

'겨우 이 정도였구나.'

자신이 얼마나 성장했는지가 다시 한번 실감이 되었다.

그리고 그 사실을 깨닫는 순간, 카이는 자신의 감정을 깨달을 수 있었다.

'이제 이 녀석들에게는 아무런 미련도 남지 않아.'

오히려 일일이 상대해 주는 게 귀찮고 짜증 날 정도.

하지만 한번 시작한 복수라면 깔끔하게 끝내야 하는 법.

검을 쥐지 않은 카이의 왼손이 천천히 허공으로 올라갔다.

"추적하는 빛의 화살."

카이의 신성력이 단번에 5,000이나 빠져나갔다.

무려 500여 개의 빛의 화살이 허공에 두둥실 떠올랐다.

그 압도적인 광경에 붉은 노을 길드와 일반 유저는 물론, 몬스터들 마저도 움직임을 우뚝 멈췄다.

"저, 저게 뭐……?"

"미친…… 저놈이 무슨 마법사 랭킹 1위라도 되는…… 아니, 아니지. 마법사가 홀리 에로우를 배울 수는 없을 텐데?"

"아니, 그게 문제가 아니잖아! 저 갯수가…… 말이 된다고 생각해?"

"케라라락?"

카이는 당황을 금치 못하는 붉은 노을 길드와 몬스터들 보며, 가볍게 왼손을 휘둘렀다.

'그럼 잘 가라. 미련의 조각들.'

파아아아아아앙!

오백여 개의 화살이 파공성을 일으키며 적들을 꿰뚫었다.

쩌저저저적!

카이의 롱소드는 마치 두부라도 자르는 것처럼 게이트를 깔끔하게 양단했다.

[하급 게이트를 파괴했습니다.]

[하급 게이트를 파괴하여 공헌도 500포인트를 획득했습니다.]

[현재까지 획득하신 공헌도는 총 700포인트입니다.]

하급 게이트에서 나온 몬스터는 한 마리당 1포인트씩의 공헌도를 뱉어냈다.

200마리를 죽였기에 200, 게이트를 파괴해서 500.

카이는 총 700의 공헌도 포인트를 획득할 수 있었다.

'덤으로 스킬의 위력까지 확인하고.'

오백여 개의 화살이 허공을 찢어발기며 나가던 장면을 떠올린 카이가 흡족한 미소를 지었다.

몬스터와 붉은 노을 길드원, 구별을 두지 않고 일거에 쓸어버린 강력한 스킬. 에로우 계열의 스킬을 고급까지 올린 최상위 랭커의 마법사라면 모를까, 일반적으로는 죽었다 깨어나도 따라할 수 없는 기술이나 마찬가지다.

"게이트를 닫는 법도 간단하네."

그냥 게이트를 공격해서 파괴해 버리면 전부인 간단한 일이었다.

'좋아. 이걸로 튜토리얼은 끝.'

이제 어떻게 해야 하는지는 충분히 감을 잡은 카이는 주저 없이 글렌데일로 향했다.

바덴, 상급 게이트가 동시에 두 개나 열려 고통에 시달리고 있는 성의 이름이었다.

'젠장. 바덴 성에 가게도 차려놨다고……'

'이대로 도시가 함락당하면…… 모든 게 끝!'

'하지만 지금의 전력으로는 가능성이 턱없이 부족해.'

하급 게이트에서는 평균 레벨 50의 몬스터들이, 중급 게이트에서는 평균 레벨 150의 몬스터들이 나온다.

그렇다면 상급 게이트에서는?

두말할 것도 없이, 평균 레벨 250의 괴물들이 튀어나온다.

콰드드드드드득!

"크롸아아아아아아!"

"캬아아아아악!"

덩치 불문, 레벨 불문, 종족 불문. 상급 게이트에서 튀어나온 몬스터들은 일종의 공동체 의식이라도 가지고 있는지, 서로를 경계하지 않았다.

자신들의 적은 오로지 인간들뿐이라는 것처럼 무식하게 바덴 성을 공격할 뿐!

"마스터, 안 좋은 소식이 하나 더 들어왔습니다."

바덴 성의 굳건한 성채 위에 서 있던 프레이 길드의 부마스터, 라즐리가 미네르바에게 말했다.

"……으응."

질린 표정으로 평야에 바퀴벌레처럼 깔린 몬스터들을 쳐다보던 미네르바가 고개를 돌렸다.

"걱정 말고 터놓아보세요. 여기서 더 나빠질 상황이 뭐가 있겠어요."

"……아쉽지만 있습니다. 게이트, 일정 시간 안에 파괴하지 못하면 보스 몬스터도 쏟아내는 것 같습니다."

"……뭐라고요?"

항상 사근사근 말을 늘어놓던 미네르바가 꽥 비명을 내질렀다.

"가만히 성만 지키면 되는 줄 알았더니…… 보스 몬스터도 내보낸다고요?"

"예. 내보내는 시간은 랜덤인 것 같은데 보스 몹 수준이 생각보다 세요."

라즐리가 커뮤니티 창을 공유해서 보여주자, 미네르바는 인상을 찡그리며 영상을 쳐다봤다.

"……후우."

영상을 모두 시청한 미네르바가 작은 손으로 제 이마를 짚었다.

"확실히…… 중급 게이트에서 나온 보스 몹 치고는 굉장히 강하네요."

"상급 게이트에서 나온 놈은 더욱 강할 겁니다."

"그런 놈이 두 마리 동시에 나타난다면……."

미네르바의 표정이 어두워졌다.

'길드원의 사망은 곧 길드의 전력 약화야. 때문에 최대한 직접적인 교전은 피할 생각이었는데……'

적어도 카이가 올 때까지는 얌전히 수성만 할 생각이었다.

하지만 두 마리의 보스 몬스터가 튀어나온다면 이야기는 달라진다.

'그때가 되면 아무리 우리, 프레이 길드라고 해도 막지 못해요.'

검은 벌 길드가 카이에 의해 날개가 찢기고 추락한 뒤 세계 10대 길드의 명성에 금이 갔다고는 하나, 여전히 세계 10대 길드라는 이름이 주는 포스는 건재했다.

그만큼 그들이 보유한 전력은 강대했으니까.

"후우. 지금 당장 전면전 준비해요."

"……손해가 클 수도 있습니다. 두 개의 게이트에서 튀어나온 몬스터만 벌써 400마리예요."

저 정도 숫자의 몬스터는 길드 단위로도 절대 몰이사냥을 하지 않는다.

대부분의 랭커들은 빠르게 성장하는 것을 원하지만, 절대 죽음의 리스크를 지지는 않으니까.

"그래도 보스 몬스터 두 마리가 튀어나오는 순간 바덴은 끝이에요."

양자택일의 선택지다. 바덴 성을 버리고 후퇴하느냐, 게이트의 몬스터와 싸우느냐.

'평소라면 어쩔 수 없이 바덴 성을 버렸겠지만……'

이번엔 그럴 수도 없다.

왜냐하면 자신들이 이곳으로 온 것은 스스로의 의지 때문이 아니었으니까.

'그 곰 같은 여우! 명령을 어기면 무슨 짓을 할지 몰라.'

카이. 그가 교단을 통해 압력만 넣어도 세계 10대 길드 타이틀이 벗겨지는 건 순식간이다. 미네르바는 짧은 평생을 살면서 지난 1년처럼 바쁘고, 뜨겁게 살아본 기억이 없었다.

'나에게 미드 온라인이란 더 이상 단순한 놀이 같은 게 아니에요.'

그야말로 인생 자체라고 할 수 있는 게임!

결론을 내린 미네르바는 고개를 끄덕였다.

"손해를 보는 한이 있더라도, 바덴 성은 지켜야 해요."

결단을 내린 미네르바의 눈동자에선 평소의 따뜻함이 느껴지지 않았다. 그것은 전쟁을 앞둔 전사의 눈빛이었다.

콰드드드득!

"젠장! 야! 이걸 기뻐해야 되나?"

"뭔 개소리야!"

"평소에 이 오우거 녀석들을 몰이사냥하고 싶었으니까!"

"허억, 허억. 좋겠다, 빙신아."

파티 단위 혹은 소수를 지향하는 길드에 속한 이들.

그들은 바덴 성의 평야에서 게이트에선 나온 몬스터들을 필사적으로 막아내고 있었다.

'유저들의 수가 더 많아. 더 많긴 한데……'

'수준 차이가 터무니없이 난다!'

바덴 성은 이제 최전방으로 부르기에는 상당히 난해한 장소이다. 주변 사냥터에서 나오는 몬스터들도 210레벨 정도이기에 고수들은 있을지언정, 랭커들은 쉽게 보기 힘들다.

대신, 바덴 성은 무척이나 큰 대도시이다.

때문에 수많은 길드들이 하우스를 이 도시에 세워둔 상태였고, 상인의 길을 걷고 있는 유저들의 상단도 이곳에 많이 자리한 상태.

"막아! 무슨 일이 있어도 막아야 한다!"

"젠장! 오우거를 유저 세 명이서 마크하는 게 말이 되는 상황이냐고!"

평야에서 한창 전투를 하고 있는 유저들은 도시를 지키고자 하는 마음이 강했을 뿐이지만, 적들은 그냥 무력 자체가 강했다.

콰드드드드드득!

오우거가 들고 있던 거대한 나무 기둥을 한 번 휘두를 때마다, 서너명의 유저들이 그대로 허공을 가르며 날아갔다.

"젠장, 스매쉬는 절대 맞지 마!"

"오우거는 힘만 높은 녀석이야! 기술이 뛰어난 녀석은 아니니 천천히 패턴을 파악해!"

"그건 한 마리 잡을 때 쓰는 전술이고! 사방에 오우거인데 어느 세월에 패턴을 보고 있어!"

상황이 잘 풀리지 않자 유저들도 스트레스를 심하게 받은 상태. 평소 미드 온라인은 게임을 하다가 죽어도 스트레스를 조금 받고 말 뿐이다.

하지만 지금 이 전투에서 패배하면 말 그대로 터전이 사라질 판!

당연히 유저들의 스트레스도 평소보다 더할 수밖에 없다.

"모험가들이여, 조금만 더 힘을 내주시오! 분명히 지원군이 올 터이니!"

물론 전투를 치르는 건 유저들만이 아니었다.

바덴 성에 소속된 병사와 기사, 그리고 마법사들.

그들은 주군과 가족, 영지민들을 지키기 위해 망설이지 않고 무기를 뽑았다.

하지만 세상일이란 의지만으로 해결되는 것이 아니다.

"뭐여, 지원군은 저쪽에서 오잖아?"

"이쪽 지원군은 왜 안 오는데!"

"평소에 어깨에 힘주고 다니는 거대 길드 놈들, 이럴 때는 보이지도 않아요."

"아아, 그냥 엄마 보고 싶다……."

게이트에서 새롭게 쏟아져 나온 몬스들이 전장에 도착한 것이다. 그 모습에 유저들과 바덴 성의 군대는 하나같이 망연자실한 표정을 지었다.

"이런……."

기사단장조차 검을 툭 늘어뜨리며 눈동자를 흔들었다.

'정녕 바덴의 운명은 여기까지란 말인가…….'

이대로 후퇴를 해서 수성을 하면 시간을 벌 수야 있다.

하지만 저 엄청난 수의 몬스터를 없앨 방법은 도저히 떠오르지 않았다.

'일단 피해를 최소화해야.'

기사단장이 검을 들어 퇴각 명령을 내리던 때였다.

"카아아아악!"

제법 머리가 좋은 그레이 트롤 하나가 기사단장을 향해 들고 있던 나무 방망이를 던졌다.

쐐애애액!

허공을 가르며 날아가는 방망이.

기사단장이 말에서 내리더라도 전장에서의 고립은 막을 수 없는 상황!

그때, 기사단장의 앞으로 성스러운 방어막이 드리워지며 이를 막아냈다.

까아아앙!

"카르륵?"

"무, 무슨……."

그레이 트롤도, 기사단장도 상황 파악이 채 되지 않았을 때. 굳게 닫혀있던 바덴 성의 성문이 힘차게 열리기 시작했다. 그리고 곧장 뛰쳐나오는 수백 명의 성기사들.

"성녀의 은총, 전장의 가호."

우우우우웅!

뒤에서 그들을 지켜보던 여인 하나가 손을 들어올리며 중얼거리자, 빛이 그들을 감싸 안았다.

동시에 달려가던 이들의 속도가 크게 빨라지기 시작했다.

"돌격해라! 몬스터들을 처치하고 게이트를 닫는 것이 우리의 목표다!"

"우선 몬스터들의 진형부터 파괴한다! 1번부터 3번 기사단은 대열의 왼쪽을, 4번부터 6번 기사단은 오른쪽을 타격하라!"

오우거와 트롤, 스톤 골렘이 무섭지도 않은 듯 용맹하게 돌격하는 수백 명의 성기사들.

"저, 저런 무모한……."

"바보냐? 무모는 개뿔. 쟤네 엠블렘 안 보여?"

"엠블렘?"

그 말에 주변 유저들이 대번에 고개를 돌려 그들의 길드 엠블렘을 확인했다. 태양교의 문양을 하얗게 덧칠해놓은 표식을 사용하는 길드는 미드 온라인에서 단 한 곳뿐!

"프, 프레이……."

"프레이 길드다!"

"세계 10대 길드가 지원군으로 도착했다!"

"그래, 프레이 이 녀석들이라면 와줄 줄 알았어!"

"암! 검은 벌이나 타이탄 같은 곳이랑은 다르지!"

세계 10대 길드의 지원!

그들의 등장에 유저들이 열렬한 환호를 던졌다.

뒤이어 유저들에게 다가온 미네르바가 카리스마 넘치는 목소리로 명령했다.

"걱정 말고 싸우세요! 뒤는 우리 프레이 길드의 사제들이 서포트할 테니까!"

"살다살다 프레이 길드의 지원을 받아볼 줄이야!"

"죽으라는 법은 없구나!"

"이번 전투 끝나면 뮤튜브 길드 채널 꼭 구독할게요!"

"그대들의 지원에 진심으로 감사하네. 백작님께도 이 사실을 꼭 보고하겠네!"

잔뜩 신이 나서 재차 돌격하는 유저와 NPC들!

"자, 이제 저희도 싸우도록 하지요."

성녀 클래스의 미네르바를 필두로, 프레이 길드가 자랑하는 사제진이 주문을 외우기 시작했다.

"힐!"

"메스 큐어!"

"치료의 손길!"

수백여 명의 사제들이 뒷선을 꽈악 잡고, 계속해서 유저와 NPC들을 치료한다.

하지만 유저들을 더욱 놀라게 한 것은 따로 있었다.

"이런, 헤이스트 지속 시간……"

"헤이스트!"

"컥, 방어막이 깨졌⋯⋯."

"성스러운 방어막!"

매의 눈으로 전장을 지켜보고 있다가, 버프의 지속시간이 끝날 때마다 귀신처럼 걸어주는 센스! 게다가 그것이 끝이 아니었다.

"라즐리, NE에 적!"

"크리든. SW방향에 흡고블린 무리들이 독이 묻은 화살을 장전하고 있어요."

각각 전담 마크하고 있는 성기사들에게 시시각각 전해지는 정보들!

그 정보는 성기사들이 미처 보지 못한 적들의 공격과 패턴을 상세하게 브리핑해 주고 있었다.

그 광경을 지근에서 목격한 유저들은 침만 꿀꺽 삼키며 혀를 내둘렀다.

'전투의 꽃은 마법사지만⋯⋯.'

'전쟁의 꽃은 사제라더니.'

'사제가 이렇게 무서운 클래스였나.'

실력있는 사제들이 지원을 해주고 있다는 사실만으로도 전황은 단번에 팽팽하게 만들어졌다.

이에 유저들은 기쁜 표정을 지었지만, 정작 미네르바의 표정은 좋지 못했다.

'프레이 길드가 합류했는데도 고작 팽팽이라…… 좋지 않아.'

만약 바덴 성 인근에 생성된 게이트가 하나였다면 손쉽게 승리를 가져올 수 있었을 것이다.

하지만 생성된 게이트는 두 개.

'커뮤니티 정보에 따르면 보스가 소환되는 건 게이트 생성 여섯 시간이 지난 후에 랜덤.'

바덴 성에 두 개의 게이트가 생성된 건 각각 일곱 시간과 여덟 시간 전이었다.

'보스 몬스터는 지금 나와도 이상하지 않아.'

왜 사람의 불길한 상상은 항상 적중하는 것일까.

"마스터! 정찰조에서 연락 왔습니다!"

"좌측 게이트에서 보스 몬스터 출현!"

"레벨은 278의 트롤 히어로입니다!"

"으으음……!"

미네르바가 인상을 찡그리며 전투의 템포를 더 올리라고 명령을 하려는 찰나, 보고 하나가 더 이어졌다.

"저, 정찰조에서 추가 연락 도착!"

"설마……?"

미네르바가 홱 고개를 돌려 보고를 올리는 정보부 길드원을 쳐다봤다.

그녀는 잔뜩 울상을 지은 채, 울먹이며 말을 이었다.

"우측 게이트에서도…… 보스 몬스터 출현했습니다."

"……정보는?"

"레, 레벨…… 310. 트리플 헤드 오우거입니다."

"……."

왜 사람의 불길한 상상은 두 번이나 연속해서 적중하는 것일까.

"……태양신은 대체 어디서 뭘하고 있는 걸까요?"

그녀는 지금쯤 카이가 남긴 사탕을 맛있게 먹고 있겠지만…… 아쉽게도 미네르바는 그 사실을 알지 못했다.

"부모님 허락받았을 때만 먹고, 이빨 상하지 않게 먹고 나면 꼭 양치질 해야 된다?"

"네에에!"

카이는 자신의 신신당부에 예의 바르게 대답하는 아야나의 머리를 한 번 쓰다듬었다.

글렌데일의 중급 게이트와 하급 게이트를 순식간에 격파하고, 화이트홀을 방문한 지 네 시간. 눈 깜짝 할 사이라고 말해도 좋을 만큼 빠르게 게이트를 철거한 카이는 스마일 진료소를 방문했다.

그것도 아야나가 좋아하는 먹거리를 잔뜩 사 들고서.

"이제 또 가시는 거예요?"

"그래야지."

"히잉."

어깨를 축 늘어트린 채 시무룩한 표정을 짓는 아야나와 눈높이를 맞춘 카이가 그녀를 달랬다.

"이 시간에도 고통받고 있는 사람들이 있어요."

"저두 알아요. 가서야 한다는 거……. 그냥……."

투정을 조금 부리고 싶었을 뿐.

"일 끝나면 다시 올게."

"네! 그때는 또 새로운 약들을 보여드릴게요!"

"기대해야겠는데?"

아야나와 그녀의 부모님이 만든 각종 영약들을 후한 값에 구매한 카이는 인사를 마치고, 여유로운 발걸음으로 거리를 나섰다.

'상급 게이트. 확실히 하급, 중급 게이트보다는 훨씬 위협적이야.'

하지만 카이는 몬스터들을 무시한 채 게이트를 철거하는 작업에만 집중했다.

'듣자 하니 게이트에서 보스 몬스터들도 나온다던데.'

다행스럽게도 화이트홀의 상급 게이트에서는 여태 보스 몬스터가 나오지 않았기 때문에 손쉽게 철거할 수가 있었다.

'이제 바덴 성으로 가야 하는데……'

거리를 걷던 카이의 시선을 스윽, 아무것도 아닌 것처럼 주변을 한 바퀴 훑었다.

'쟤네는 대체 뭐지?'

때때로 자신을 힐긋힐긋 쳐다보는 몇 명의 유저들. 이건 카이가 연예인병 같은 것에 걸려 과대망상을 일으키는 것이 아니었다.

'글렌데일에 있을 때부터 붙은 놈들이지?'

그곳에서부터 사도의 예민한 감각은 한 줌의 이상함을 낚아챘다.

바로 자신을 주시하는 이들. 그때부터 주변을 둘러보기 시작한 카이는 확실히 알 수 있었다.

'죄다 검은 머리라……'

신체발부수지부모(身體髮膚受之父母).

옛 중국의 사상가인 공자가 효경에 실었던 문장이다.

요즘 같은 시대에 누가 그 말을 따르냐고 묻겠지만…….

'웅, 미드 온라인에는 있지. 염색을 절대 하지 않는 녀석들이 말이야.'

바로 중국인이다. 물론 모든 중국인이 염색을 하지 않는 것은 아니다.

'하지만 이 정도의 인력을 동원할 수 있는 단일 단체. 검은 머리가 특징인 세력은 한 곳뿐이지.'

세계 10대 길드의 일좌, 인도의 시바 길드와 더불어 길드원 수가 가장 많은 길드. 흑룡이다.

'거기 가입 조건에 분명…… 검은 머리에 중국인 한정이라는 웃기지도 않은 조항이 있었지?'

이미 미드 온라인에서는 파다하게 퍼진 사실이었다.

'그럼 중요한 건 저들이 지금 나를 왜 감시하냐는 건데……'

카이의 미간이 살짝 찌푸려졌다.

걸리는 것이 전혀 없었기 때문이다.

'흑룡 길드와는 딱히 마찰을 빚은 적이 없어.'

박수도 손바닥이 마주쳐야 소리가 나는 법이다.

아무리 여기저기 시비를 걸고 다니고, 밉보였던 카이라지만 옷깃조차 스친 적 없는 상대에게 미운털이 박힐 이유는 없었다.

'그렇다고 흑룡의 쟈오 린은 명성 좀 날려보겠다고 날 치는 멍청이도 아니야.'

그에 대한 세간의 평가는 간단했다. 지극히 계산적이라 손익에 민감한 인물이라는 것이다. 한 마디로 자신을 비롯해, 길드에 피해가 갈만한 일이라면 그는 절대 하지 않는다.

'쟈오 린 같은 경우는 돌다리를 확인해 보는 정도가 아니라

들었어.'

아예 돌다리를 무너뜨린 뒤, 인력과 자금으로 그 옆에 자신만의 새로운 다리를 짓는 인물. 쟈오 린은 그런 인물로 평가되고 있었다.

'한 마디로 흑룡이 움직이기 시작했다는 건 그에 상응하는 대가를 받았다는 소리인데……'

아무리 생각해도 그것이 무엇인지가 알 수 없었다.

하지만, 카이는 한 가지만은 확신했다.

'대체 무슨 꿍꿍이인지는 모르겠지만…… 저런 불안 요소를 떠안고 바덴 성으로 갈 수는 없어.'

그렇다면 방법은 하나뿐!

'미끼를 좀 던져볼까?'

카이는 자신의 등으로 꽂히는 몇 쌍의 시선을 느끼며, 화이트홀을 떠났다.

동시에 그를 쳐다보던 흑룡 길드원들이 보이스톡 프로그램을 통해 보고를 올렸다.

"목표물이 화이트홀의 동문으로 나갔습니다."

"추적을 개시하겠습니다."

우르르르.

거리의 골목골목에 숨어 있던 흑룡의 길드원들이 끝도 없이 쏟아져 나왔다.

"이 정도면 한적하지."

비틀와일드의 숲. 190레벨 정도의 초거대 곤충 몬스터가 나오는 곳으로, 당연하지만 인기는 꽝인 장소다.

때문에 카이는 일부러 이 장소를 골랐다.

'비싼 재료를 뱉지도 않고, 한 마리를 사냥할 때마다 녹색 진액을 뒤집어써야 하며, 귀찮은 패턴을 지닌 벌레들을 찾아오는 변태는 많이 없겠지.'

이곳에서 흑룡의 꿍꿍이를 파헤치기만 해도 카이에게는 큰 이득이었다.

'어차피 나에게는 신출귀몰 스킬이 있어. 귀환 스킬인지라 캐스팅 시간이 조금 길기는 하지만, 내 몸 하나를 뺄 정도는 되니까.'

카이의 자신감은 자신이 여태까지 쌓아 올린 경험과 직업으로부터 흘러나왔다.

'여태까지의 난 비틀와일드처럼 애벌레나 다름없었지만…….'

지금의 그는 화려하고 큰 날개를 가진 나비였다. 다가오는 모든 천적을 잠재울 수 있는 강력한 독을 지닌 나비.

"그러니까 이제 연기는 그만하고 나와."

정적이 흐르는 숲의 공터. 족히 백 명은 들어갈 듯한 그 장소의 중앙에서, 카이가 흙을 꾹꾹 짓밟으며 말을 꺼냈다.

"……."

잠시 이어지는 침묵.

하지만 얼마 지나지 않아 카이의 귓가로 잡음이 잡히기 시작했다.

부스럭, 우지끈.

한겨울의 마른 나뭇잎과 나뭇가지를 밟아 부러뜨리는 소리.

'하나, 둘, 셋, 넷…… 잠깐만. 대체 몇 명이나 온 거야?'

카이가 불만스러운 표정을 지으며 자신에게 다가오는 이들의 면면을 확인했다.

"응?"

유저들의 얼굴, 그리고 그들이 가슴팍에 달고 있는 엠블렘을 확인한 카이가 인상을 찡그렸다.

"흑룡이 아니잖아?"

그들이 달고 있는건 알통이 큼직하게 솟은 남성의 팔뚝을 형상화한 엠블렘이었다.

당연하지만 검은 용이 비상하는 엠블렘을 쓰는 흑룡의 표식은 절대 아니었다. 물론, 흑룡 길드의 엠블렘이 아니라고 유명하지 않다는 의미는 아니었다.

"……타이탄."

나즈막히 중얼거린 단어가 바람에 흩어지기도 전에, 다시 한번 발자국 소리가 들려왔다.

우두두두.

마치 숲 자체를 포위라도 하는 것처럼, 천천히 다가오는 거대한 인간들의 벽. 그들은 흑룡이 맞았다.

"이건…… 흠."

가볍게 콧바람을 내쉰 카이가 삐딱한 표정으로 타이탄과 흑룡 길드를 번갈아가며 쳐다봤다.

"어떻게 봐도 한 번 해보자는 뜻 같은데."

"맞다."

타이탄 길드원들을 제치며 앞으로 나온 골리앗이 시원하게 고개를 끄덕였다.

이에 카이는 황당함을 넘어, 순수한 의문을 느낄 수밖에 없었다.

"……아니, 이렇게 뜬금없이?"

"예로부터 전쟁의 승률을 높이는 방법은 선수를 치는 것이었다. 그럼 사전에 초대장이라도 보낼 줄 알았나?"

"세계 10대 길드라는 녀석들이 음침하게 움직이기는."

"흥, 꼬리가 붙었다는 걸 알면서도 인적이 드문 곳으로 온 네 놈의 자만심을 탓해라."

코웃음을 치며 카이의 의견을 무시한 골리앗이 제 주먹의

뼈를 가볍게 눌렀다. 우두둑, 우두둑. 징그러운 소리를 내던 그의 입가로 미소가 찾아들었다.

"아아. 참고로 흑룡 쪽은 걱정하지 않아도 좋다. 전투에 참여하지 않을 예정이거든."

"벽 역할을 하는 건가?"

"잘 아는군."

"하나 물어나 보지. 나랑 사이가 틀어져서 타이탄에 득이 될 게 없는데, 왜 이렇게까지 무리수를 두는지 궁금해서 참을 수가 없어."

"무리수? 하, 여전히 자신이 뭐라도 된 것처럼 말하는군."

골리앗이 인상을 찡그리며 으르렁거렸다.

"흑룡의 방대한 정보망을 통해 모두 파악했다. 이 주변에는 네놈을 도와줄 엘프도, 인어들도, 심지어 태양교의 NPC들도 없지."

"그래서?"

"네놈에게 강대한 세력이 없다면 넌 결국 랭킹 1위라는 타이틀을 달고 있는 일개 유저에 불과하다. 그토록 강력한 무위를 자랑하던 유하린조차 감히 세계 10대 길드를 건드리지는 않았지."

"그런데 내가 건드려서 자존심이 상하셨다?"

"계속 그렇게 긁어봐야 네놈에게 득 되는 일은 없을 것이다."

이어서 비릿한 미소를 지은 골리앗이 말을 이었다.

"하지만 나는 길드를 관리하는 입장이다. 사적인 감정을 잠시 배제하고 이야기하자면…… 네놈이 검은 별의 몰락에 가장 큰 공헌을 한 점과 비르 평야에서 보여줬던 전투 센스는 개인적으로는 높게 평가하고 있다."

"고마워해야 하나?"

"물론이지. 난 벼랑 끝에 몰린 네놈에게 마지막 구원의 손길을 내미는 거니까."

골리앗은 자신이 지을 수 있는 표정 중 최대한 인자하고 자비로운 표정을 지었다.

물론 남들이 보기에는 그저 무서운 표정이었을 뿐이지만.

"타이탄에 들어와라. 그렇다면 네놈은 세력을 무서워하기는커녕, 타이탄의 관리하에 최고의 커리어를 쌓을 수 있도록 도와주지."

"……뭐야."

카이는 징그럽다는 표정을 지으며 한 발자국 물러났다.

자신보다 머리 하나는 큰 남자가 이상한 표정을 지으며 손을 내미는 장면은 꿈에 나올까 봐 무서울 정도!

"잠시만요. 이야기의 내용이 다르지 않습니까?"

흑룡 길드에서 한 명의 인물이 나와 골리앗을 막아섰다.

쟈오 린은 이 자리에 없었기에, 그를 대신하여 길드원들의 통솔을 맡은 흑룡 길드의 제3단주, 쿤 팽이었다.

"단주 따위가 끼어들 자리가 아니다. 꺼져."

골리앗이 으르렁거리자 울컥했던 쿤 팽은, 괜한 말썽을 피우지 말라는 마스터의 명령을 상기하고는 조용히 뒤로 물러났다.

방해꾼까지 사라지자 골리앗은 더욱 당당한 목소리로 제안했다.

"자, 선택해라. 우리를 등에 업고 화려한 날갯짓을 해볼 것인지, 아니면 미약하게 달려 있는 조그마한 날개마저 찢긴 채 몰락할 것인지."

"……."

잠자코 골리앗의 말을 모두 들어준 카이가 천천히 입술을 열었다.

"나는 정말 모르겠단 말이야. 이해가 안 가."

그는 정말로 이해가 안 간다는 표정을 짓고 있었다.

"그쪽까지 정보가 전달 안 되었는지는 모르겠지만…… 오늘을 기해서 내 손에 해체된 길드만 무려 세 개야."

붉은 주먹, 붉은 노을, 그리고 검은 벌.

"개중에 한 곳은 네놈들과 같이 세계 10대 길드라고 추앙받던 이들도 있었지."

"우리와 놈들을 똑같이 보지 마라. 그리고 그때는 네놈이 게릴라전을 펼쳐서 전력이 분산되었던 것뿐. 우리는 그런 미련한

짓을 하지 않는다. 사자는 토끼를 잡을 때도 최선을 다 하는 법이거든."

검은 벌의 실패를 토대로 언노운, 카이를 무시해서는 안 된다는 교훈을 뼛속 깊이 새겨넣은 골리앗. 그는 카이가 자신의 제안을 거절할 시, 망설이지 않고 그를 척살할 마음을 굳게 품었다.

'카이 녀석의 척살을 시작하면 침공 이벤트에서 볼 수 있는 이득이 크게 줄어들겠지만…….'

눈엣가시 같은 강력한 경쟁자 한 명을 제거하는 일이니 손해라고 할 수만은 없다.

"자, 어떻게 할 테지?"

이미 답은 나와 있다고.

골리앗은 은연중에 그렇게 생각했다.

오죽하면 그 상황을 지켜보던 흑룡의 쿤 팽조차 사태의 심각성을 인지하고 쟈오 린을 호출했을 정도.

'카이가 타이탄에 소속되면…… 골치 아파진다.'

세계 10대 길드 중 어느 곳이라도, 태양교와 인어, 엘프의 세력을 배후에 두면 부러울 것이 없어진다.

모두가 각자의 계산을 이어가며 침묵을 지키던 도중.

카이는 천천히 고개를 저었다.

"제안은 거절. 타이탄에는 들어가지 않아."

"……죽음을 자초하겠다는 건가?"

카이의 고개가 다시 한번 저어졌다.

"그것도 거절. 죽음이랑은 영 친하지가 않아서."

"멍청한…… 10분이 지나지 않아 네놈의 선택을 후회하게
될 것이다."

"그 말 똑같이 돌려줄게."

찰칵. 타이머를 10분에 맞춘 카이가 차갑게 가라앉은 눈으
로 자신을 둘러싼 타이탄 길드원들을 쳐다봤다.

'150명……. 정예 중의 정예만 골라서 뽑아왔어.'

게다가 단단한 흑룡의 벽은 자신의 도망을 허용치 않았다.

한 마디로 싸울 수밖에 없는 상황.

'찬 물, 더운 물 가릴 처지가 아니야.'

이건 전쟁이다. 이기는 쪽이 모든 것을 가져가고, 지는 쪽이
모든 것을 빼앗기는 전쟁. 카이는 목숨이 달린 전쟁에서 패를
아껴둘 만큼 미련한 작자가 아니었다.

반짝!

들어 올려진 카이의 왼손에는 총 두 개의 반지가 끼워져 있
었다.

카이는 주저 없이 입을 열었다.

"나이트 오브 나이트메어."

시동어를 외치자 반지 중 하나가 영롱한 보랏빛을 뿜어내기

시작했다. 동시에 카이의 주변에서 50여 마리의 스켈레톤 나이트들이 덜그럭거리며 등장했다.

이에 골리앗이 인상을 찡그리며 그들을 살폈다.

'이건 예전 영상에 등장하던 놀 스켈레톤……? 아니, 아니다.'

놀 스켈레톤보다 신장은 두 배 정도 크고, 검과 방패를 든 채, 갑옷까지 입고 있는 놈들이다.

"……스켈레톤 나이트로군."

머리 위로 떠오른 놈들의 레벨은 무려 298!

시전자인 카이의 레벨에 영향을 받은 탓이었다.

"……뭘 믿고 그렇게 당당하나 했더니, 숨겨놓은 패가 하나 정도는 있었나 보군."

골리앗은 자신이 살짝 놀란 것을 인정했다.

'하지만 상황은 바뀌지 않아.'

스켈레톤 나이트는 아주 정직한 병과다.

검과 방패를 쓰는 전형적인 기사들. 공격 패턴도 단순하기 때문에 골리앗은 놈들의 레벨이 320이라 할지라도 이길 자신이 있었다.

"단순히 사냥을 한다고 생각하고, 쓸어버려라."

골리앗이 자신의 부하들을 향해 살짝 턱짓을 하자, 150명의 타이탄 길드원들이 각자의 스킬을 시전했다.

덜그럭, 덜그럭.

주군인 자신의 주변을 둘러싼 채 명령만을 기다리는 스켈레톤 나이트들. 그들의 텅 빈 눈동자를 바라보던 카이가 다시 한번 왼손을 들어 올렸다.

"미안한데, 숨겨놓은 패가 하나라는 말은 안 했어."

동시에 카이의 중지 손가락에 끼워져 있던 반지가 밝은 빛을 뿜어냈다.

"스킬, 서임."

중천에 떠오른 해조차 미처 흩어내지 못한 으슥한 어둠이 전장을 휘몰아쳤다. 어둠이 휘몰아치자 가장 크게 당황한 건 타이탄 길드의 근접 계열 유저들이었다.

달려가던 도중 적들이 어둠에 휩싸이자 아무것도 보이지 않았으니까.

'으윽…… 이게 뭐지?'

'흑마법사의 다크 포그(Dark fog)와 비슷한 건가?'

'어차피 놈은 도망치지 못해. 흑룡 길드가 사방을 철통 같이 막고 있으니까.'

안개의 코앞까지 당도한 그들이 얌전히 안개가 끝나기를 기다릴 때, 안개 안쪽에서 기괴한 소리가 들려왔다.

텅…… 텅텅……

"이게 무슨 소리지?"

"글쎄…… 마치 드럼통을 두드리는 것 같은데."

"어라, 근데 나 이 소리 어디서 들어본 적 있어……."

"나도 마찬가지야. 한데 무슨 소리였는지 생각이 잘 안 나."

타이탄 길드의 최정예들은 모두 레벨이 240이 넘어가는 랭커들이다. 당연히 겪어온 사냥터는 셀 수도 없이 많았고, 조우한 몬스터들의 수는 더더욱 많았다.

"잠깐만. 나 이 소리 뭔지 알아."

그중에서 기억력이 좋은 유저 하나가 입을 열자 모두의 시선이 그에게 향했다.

"뭐? 뭔데?"

"그런데 좀 이상해. 왜냐하면 이 소리는……."

듀라한이 자신의 투구로 옆구리를 두드리는 소리라고 말을 하기도 전에, 안개 속에서 튀어나온 굵은 손가락이 그의 멱살을 틀어잡고는 안개 속으로 끌고 들어갔다.

"뭐, 뭐야!"

"젠장, 안개가 흩어지는 속도가 너무 느려!"

"이거 언제까지 기다려야 해!"

"마법사들! 바람으로 안개를 흩어버려라!"

결국 보다 못한 골리앗의 명령에 마법사들이 스킬을 캐스팅, 안개들을 날려 버렸다.

흩어진 안개 사이로 등장한 것은, 잿빛의 갑옷을 입은 채 흉흉한 기세를 뽐내고 있는 50마리의 듀라한이었다.

"듀, 듀라한?"

"듀라한이다!"

"잠깐, 레벨 298의 듀라한이라고……?"

듀라한이라는 몬스터가 미드 온라인에 없는 것은 아니다.

레벨 298의 몬스터가 미드 온라인에 없는 것도 아니다.

하지만 레벨 298의 듀라한은 그 어떤 유저도 본 적이 없는 존재였다.

"이, 이 새끼! 광휘의 성기사라는 새끼가 어째서 강령술을 사용하는 건데!"

"교단! 교단에 밀고를 하면……!"

"어디 마음껏 해봐."

카이가 고개를 끄덕이며 그들을 장려했다.

왜냐하면 알버트 교황의 귀로 흘러 들어가 봤자 그는 코웃음을 치며 이를 일축할 것이 뻔했다.

그도 그럴 것이 자신은 태양신 헬릭의 어여쁨을 받는 사제였으며, 교황과 동등한 직책을 지닌 태양의 사제였으니까.

"우리 애들 쓸어버리는 건 조금 힘들 텐데…… 좋은 빗자루라도 가지고 있나 봐?"

얼굴이 붉어진 골리앗을 한없이 놀린 카이는 돌연 입가에서 미소를 싹 지워내며 경고했다.

"분명히 말하지만, 이건 너희가 먼저 시작한 전쟁이야."

이어서 흑룡의 쿤 팽을 바라본 카이가 매서운 음성으로 확인했다.

"어이. 흑룡 길드에서는 이번에 무대만 만드는 역할맞지?"

'꾸, 꿀꺽. 무슨 성기사라는 놈이……'

은은한 신성력이 뿜어져 나오는 것과는 별개로, 현재 카이의 몸에서는 어두운 기운이 스멀스멀 올라오고 사라지기를 반복했다.

외형만 본다면 마치 죽음의 성기사와도 같은 위협적인 분위기!

그 기세에 눌린 쿤 팽이 어렵게 고개를 끄덕였다.

"그, 그렇다. 흑룡의 역할은 타이탄 길드와 카이가 전쟁을 치를 수 있게 도와주는 것. 그리고…… 목표 대상이 도망칠 수 없게 만들어주는 것. 그것뿐이다."

"목표 대상은 나겠지?"

"그…… 렇다."

한 마디로 흑룡 입장에서는 타이탄 길드원들이 도망쳐도 굳이 막을 이유가 없다는 것이었다.

'하긴, 다른 놈들이 도망쳐도……'

골리앗. 저놈만 잡으면 이 전쟁은 자신의 승리였다.

카이는 아까부터 쉴 새 없이 울리는 미네르바의 메시지창을 억지로 닫으며 검 손잡이를 꽈악 잡았다.

"너네, 사람 잘못 건드렸어."

카이는 왼손을 부드럽게 휘저으며 적들을 가리켰다.

"쓸어버려."

콰드드드드득!

레벨 298의 듀라한은 강력했다. 그 사실을 타이탄 길드원과 흑룡 길드원은 물론, 카이마저 처음 깨달았다.

'체력도 높고, 속도도 빠르면서 힘도 강력해.'

크게 모난 약점도 없으면서 강력하다.

하지만 가장 큰 장점은 따로 있었다.

"24호! 적진으로 돌격해!"

바로 몬스터 주제에 인간의 지휘를 받으며 싸운다는 것. 그 것이 카이의 듀라한 군대가 지닌 가장 큰 강점이었다.

카이는 초보 시절 길러놓은 시야를 바탕으로 본인도 전선에서 활약하며, 듀라한들의 체력 상태를 항시 주시했다. 그리고 체력이 바닥까지 줄어든 듀라한을 발견하면, 주저하지 않고 돌진 명령을 내렸다.

텅텅텅!

자신의 투구와 롱소드를 부여잡고 용맹하게 적진 한 가운데로 파고드는 24호 듀라한!

"오기 전에 죽여!"

"젠장, 딜이 부족해!"

"회피력 실화냐!"

"딜 안 나온다! 피해!"

마치 홈에 맞지 않는 물건을 억지로 우겨넣듯, 적진 한 복판으로 들어간 듀라한의 피는 간당간당했다. 그 사실을 알고 있는 타이탄 길드원들은 도망을 치는 한편, 절대 녀석을 공격하지 않았다.

"지금은 공격하지 마!"

"거리부터 충분히 벌린 후에 해치워야……!"

"추적하는 빛의 화살."

쫘아아아악! 패애애앵!

허공에 두둥실 떠오른 빛의 화살 하나가 24호 듀라한의 등을 파고들었다. 동시에 24호의 전신과 투구, 롱소드가 빛을 내며 갈라지기 시작했다.

"터진다!"

"젠장, 다들 엎드려!"

쫘아아아아아아아아앙!

타이탄 길드원들의 비명을 아무렇지도 않게 덮어버리는 굉음!

카이는 폭격을 맞은 것처럼 그을린 바닥을 쳐다보더니 흐뭇한 미소를 지었다.

'누가 그랬더라? 폭발은 예술이라는 말이 있었는데 말이지.'

그 말이 꼭 들어맞는 상황이었다.

듀라한의 가장 큰 특징 중 하나는 체력이 바닥이 나면 터지면서 주변에 갑옷과 무기 조각 등으로 피해를 주는 것이다.

'민수가 소속된 휘몰이 길드와 함께한 라이넬의 던전에서 아주 톡톡히 배웠지.'

겪을 때는 거지같던 그 패턴이, 사용할 때는 이처럼 유용할 줄이야!

게다가 그 폭탄이 언제, 어디서 터질지를 스스로 조종까지 할 수가 있었다.

마치 50개의 폭탄을 지닌 채 전쟁을 하는 듯한 기분이다.

"크윽……. 근접조! 듀라한은 최대한 무시하면서 카이를 쳐라!"

"강령술은 시전자가 누우면 사라져!"

"저놈을 죽여!"

"……죽이시겠다고? 나를?"

적들의 자신감에 큰 웃음을 얻은 카이가 싸늘한 미소를 지었다.

'듀라한 군단에 파묻혀서 내 활약은 잘 보이지 않았나 본데……'

벌써 자신의 손에 쓰러진 타이탄 길드원의 수만 열다섯 명이었다. 그 압도적인 강력함의 비결은 다름 아닌 넘쳐나는 신성력에 있었다.

서걱, 서걱!

고급 레벨까지 올라온 여명의 검법은 적을 공격할 때마다 신성력을 회복시킨다. 신성 폭발과 연계를 하면 그 자체만으로도 엄청난 힘을 발휘한다.

하지만 카이는 거기서 만족하지 않았다.

'미네르바의 연락 주기가 점점 짧아지다가…… 이제는 또 뜸해지고 있어.'

자세한 상황은 모르지만, 바덴 성이 위급한 것이 틀림없으리라.

카이는 이 전쟁을 최대한 빨리 끝내야함을 본능적으로 느끼며 입을 열었다.

"스킬 사용, 솔라 필드."

스킬을 사용하면서 발을 크게 구르자, 그의 신형을 기준으로 신성력이 바닥을 타고 쭈욱 뻗어 나갔다.

가로 20미터, 세로 20미터의 제법 넓은 공간.

"시간 없으니까 빠르게 가자."

안그래도 높은 카이의 전투력은, 그 공간 안에서 비약적으로 상승한다.

[솔라 필드의 가호를 받고 있습니다.]

[모든 능력치가 30 상승합니다.]

[모든 재생 속도가 2배 상승합니다.]

심지어 빠르게 차오르던 신성력은 폭발적인 속도로 차오르기 시작했다.

'이 정도라면……'

문제가 없겠다고 판단한 카이는 슬쩍 몸을 뒤틀었다.

동시에 그의 주변을 가득 메우는 수십 명의 적.

"흐읍!"

"죽여 버려!"

깡, 까가강!

카이의 몸이 연신 뒤로 밀려났다. 타이탄 길드의 최정예들은 확실히 여지까지 싸워온 어중이떠중이들과는 수준부터가 달랐다.

'검은 별 때야 사실 내가 마법사의 극 카운터였고, 푸른 역병의 힘이 대단했다고 하지만……'

현재는 흑룡 길드가 근처에 있는 상태.

괜히 푸른 역병을 사용했다가 그들에게까지 피해가 가면 그때는 정말 불리해진다.

'아무리 나라도 10대 길드 두 곳과 동시에 전쟁을 벌이는 건 무리니까.'

게다가 마법사밖에 없던 검은 벌과는 달리, 타이탄 길드원들의 클래스는 고루고루 분포되어 있었다.

"쯧. 상대하기 까다롭단 말이지."

가볍게 혀를 찬 카이는 날아오는 거검을 보며 뒤로 크게 물러나려고 했다.

"이미 늦었어."

"속박하는 나무뿌리."

"아이스필드!"

'어느 틈에······.'

자신의 시야를 벗어난 곳에서 사용되는 마법사들의 지원!

바닥에 딱 달라붙은 그의 두 다리는 회피를 불가능하게 만들었다.

"영체화!"

어쩔 수 없이 영체화를 사용해 위기를 모면함과 동시에, 수십 다발의 마법 주문이 카이를 향해 쏟아졌다.

'역시 반응이 빨라.'

영체화를 사용한 지 채 2초도 되지 않아, 카이는 이를 해제했다.

그러자 이번에는 다시 검과 창들이 해일처럼 몰려들었다.

"신성 사슬!"

촤르르르륵!

순식간에 신성 사슬을 자신의 왼팔에 두른 카이는 그대로 팔을 들어 공격들을 막아냈다.

카아아앙!

[신성 사슬로 스매쉬 피해를 경감시켰습니다.]
[7,105의 대미지를 입었습니다.]
[신성 사슬로 피어싱의 피해를 경감시켰습니다.]
[8,751의 대미지를 입었습니다.]

'역시 공격력 하나는 미친 듯이 강하구나.'

최고의 실력을 갖춘 적들. 더군다나 입고 있는 장비들도 하나같이 싸구려인 것이 없다.

'한 명 한 명이 걸어 다니는 외제차 수준……'

카이는 상대의 강력함에 혀를 내둘렀지만, 그건 적들도 마찬가지였다.

"젠장! 저 빌어먹을 사슬!"

"쥐새끼 같은 놈 반응 속도 한 번 빠르네!"

그들의 입장에서도 직격타가 시원하게 들어가지 않으니 답답할 수밖에.

잠시 소강상태를 맞이한 카이는 빠르게 눈동자를 굴렸다.

'이대로는 안 돼. 사제들부터 녹여야 하는데……'

아까부터 전장은 계속해서 의미 없는 소모전으로 돌입한 상태였다.

초반에 적들을 밀어붙이던 듀라한들도 이제는 22마리밖에 남지 않은 상황. 힘의 균형이 아주 절묘하게 맞아떨어지자, 타이탄 길드의 사제들이 활약하기 시작했다.

'사제인 내가 이런 말 하기는 좀 그렇지만, 사제라는 것들 정말 짜증 나네.'

아무리 피해를 입혀도 한 번에 녹이지 못하면 힐을 집중해 완치시켜 버린다.

한 마디로 사제 라인을 휩쓸어버리지 못하면 이 싸움을 끝낼 수 없다는 뜻!

결국 카이는 자신의 패 하나를 더 꺼내 들었다.

"강화 소환, 미믹, 블리자드!"

카이는 소환된 블리자드와 미믹을 향해 명령했다.

"블리자드, 잠깐 시선 좀 끌고 있어! 미믹은 그 사이에 킹 샌드 웜으로!"

순식간에 킹 샌드웜으로 뒤바뀐 미믹!

하지만 이 자리에서 킹 샌드웜을 혼자 죽일 수 없는 이는 없었다.

"뭔가 꿍꿍이가 있다!"

"킹 샌드웜부터 녹여!"

"일점사해, 일점사!"

적들의 공격이 미믹의 거대한 전신을 두드렸다.

"호에에에에에엑!"

비명을 지르는 미믹을 미안한 눈으로 쳐다보던 카이가 명령했다.

"미믹 날 삼켰다가 뱉어. 저쪽으로 최대한!"

"뀨우우웅."

미믹은 지친 입을 벌려 주인의 마지막 명령을 수행했다.

"퉤!"

다음 순간 카이는 로브를 가득 적신 침 때문에 찝찝한 기분을 느끼며 허공을 부유했다.

'하지만 목적은 이뤘어.'

상대적으로 레벨이 낮은 미믹과 블리자드는 소환 된지 1분도 되지 않아 역소환되었다.

하지만 그들은 이미 자신의 역할을 톡톡히 수행한 상태!

'너희 둘은 나중에 좀 느긋해지면 진짜 제대로 키워줄게.'

마음속으로 펫들에게 약속을 건넨 카이는 자신의 발밑을 주시했다.

'타이탄의 최정예 사제. 스물세 명.'

깜짝 놀란 듯 자신을 올려다보는 그 멍청한 얼굴들을 쳐다보며, 카이는 입을 열었다.

"업그레이드."

[업그레이드 스킬이 사용되었습니다.]
[다음에 사용할 스킬 세 개의 효과가 대폭 강화됩니다.]

기분 좋은 메시지를 확인한 카이가 크게 외쳤다.
"태양의 분노!"

[태양의 분노가 사용됩니다.]
[업그레이드 스킬에 의해 태양의 분노가 강화된 상태입니다.]
[태양의 분노의 공격력과 범위가 1.5배 증가합니다.]

전체 신성력의 1/4이 넘어가는 양이 한 번에 쭈욱 빠져나갔다.

하지만 그 대가는 확실했다. 다음 순간 청량한 하늘에 떠 있던 구름이 돌연 소멸되었으니까. 그리고 구름을 뚫고 쏘아진 태양 에너지는 인정사정없이 대지를 강타하기 시작했다.

지이잉! 지이이이이잉!

마치 위성에서 레이저빔이라도 쏘는 것처럼 땅을 가볍게 훑고 지나가는 태양빛!

하지만 그 여파는 절대 가볍지가 않았다.

화르르륵!

태양빛이 닿는 족족 불길이 솟아올랐고, 직격타를 당한 이들의 체력은 순식간에 뭉텅이로 빠져나갔다.

"무, 무슨 공격력이⋯⋯!"

"사제들은 특별히 조심해라! 2초 이상 맞으면 바로 사망이야!"

단체로 패닉에 빠진 타이탄 길드원들!

카이는 그 순간을 놓치지 않았다.

'지금이야.'

자신을 향한 시선이 분산되고, 태양의 분노를 피하기 위해 모두 정신이 없는 이 때. 카이의 두 눈동자로 저 멀리서 팔짱을 낀 채 전투를 관전하는 거인이 보였다.

'골리앗.'

그는 스스로의 힘을 과신하고 있는지, 호위 하나 없이 태연한 표정으로 전투를 지켜보는 중이었다.

'기회다.'

카이는 자신의 두 다리가 바닥에 닿는 것과 동시에, 바닥을 박차고 달려 나갔다.

"⋯⋯파이널 어택."

다음 한 번의 공격은 대상의 방어를 무시하고 세 배의 공격력을 직격타로 꽂아 넣을 수 있다.

카이는 망설임 없이 롱소드를 굳게 잡았다.

'칼날 쇄도.'

자신의 물리 공격력 중 가장 강력한 스킬.

카이는 눈 깜짝할 사이에 골리앗의 지근까지 다가갔다,

아무리 랭커라 할지라도 쉽사리 반응할 수 없을 정도의 신속한 움직임!

"칼날 쇄도!"

카이는 맹렬하게 회전하는 롱소드를 골리앗의 심장을 향해 내질렀다.

'내 스탯과 장비, 파이널 어택이 가미된 칼날 쇄도가 치명타까지 터지면……'

아무리 골리앗이라고 해도 한 번에 눕히는 것이 가능하다.

아니, 최소한 빈사 상태로 만드는 것은 가능하다.

"……끝까지 자신이 제일 잘난 줄 아는군."

이 긴박한 상황에서 나른함마저 느껴지는 골리앗의 음성.

'이 상황에서…… 당황을 안 한다고?'

불안함을 감지한 카이가 검을 더욱 빠르게 내질렀다.

검이 녀석의 심장에 쑤셔박히기 직전, 골리앗이 천천히 입을 열었다.

"영체화."

사실 이상하다는 생각이 없잖아 있기는 했다. 때는 멜버른의 폐허에서 타이탄 길드원들과 싸웠을 때였다.

'그때 놈들은 스킬의 이름이 영체화라는 것도, 그리고 약점에 대해서도 정확히 알고 있었지.'

카이가 알기로 영체화라는 스킬은 이전에 한 번도 등장하지 않은 스킬이다. 커뮤니티는 물론 각종 검색 엔진으로 몇 번이나 찾아보았기에 확신할 수 있다.

'그때는 단순히 타이탄 길드의 정보력이 굉장히 높다고 생각하고 말았지만……'

이제 모든 의문이 풀린다.

타이탄 길드가 어째서 영체화의 존재를 알고 있었는지에 대한 의문이.

"젠장……!"

카이의 칼날 쇄도는 흐릿해진 골리앗을 허무하게 관통했다.

지금까지 자신을 상대했던 적들이 어떤 기분이었을지 실감한 카이!

하지만 그는 빠르게 정신을 수습하고는 다음 공격을 준비했다.

'영체화 상태에서는 물리 공격에 면역이야.'

때문에 카이가 시전한 것은 추적하는 빛의 화살.

눈 깜짝할 사이에 수십여 개의 화살이 허공에 생성되었다.

"이건 몰랐을걸?"

피식 웃은 카이가 손가락을 튕기자, 빛의 화살들이 골리앗을 향해 쇄도했다.

영체화는 시전 시간 동안 물리 공격을 완벽하게 막아내지만, 마법 피해에 두 배의 피해를 입는 양날의 검!

카이는 자신의 주문이 골리앗을 고슴도치로 만들 것을 믿어 의심치 않았다.

'……웃는다고? 이 상황에서도?'

불안감은 현실이 되었다.

"스위칭. 거울 호수의 축복."

영체화를 사용하여 반투명하던 골리앗의 외형이 다시 원래대로 돌아오더니, 마치 거울처럼 반짝거리기 시작했다.

이어서 빛으로 만들어진 화살 수 십 여발이 그의 몸을 두드렸다.

투두두두두두!

마치 굵은 빗방울이 바닥을 때리는 것 같은 난폭한 소리가 터져 나왔다.

하지만…….

"피해가 없어……?"

전투 시작 이래 처음으로, 카이의 두 눈동자가 세차게 흔들렸다.

골리앗이 영체화 스킬을 사용했을 때는 놀랐을지언정 당황하지는 않았다.

왜냐하면 영체화는 명백한 단점이 있는 스킬이었으니까.

그리고 카이에게는 그 단점을 공략할 수 있는 스킬들이 있었다.

"어리석기는. 난 네놈보다 영체화 스킬을 훨씬 먼저 손에 넣은 사람이다. 스킬의 단점을 극복할 대안 정도는 마련해 둔 지 오래지."

"스위칭이라니…… 그 스킬은?"

"뭐, 상대하다 보면 자연스럽게 알게 되겠지만…… 두 개의 스킬을 등록하면 번갈아가면서 아무 때나 사용할 수 있는 스킬이다."

"……맙소사."

골리앗은 카이의 경악한 표정을 지켜보더니 오만한 미소를 지었다.

"여태까지 네놈이 무서워서 참았다고 생각하나? 천만에. 내 정보를 공개하기가 싫어서 꽁꽁 숨기고 있었을 뿐이다. 만약 네놈이 길드를 이끄는 수장이었다면 이렇게 배척하지는 않았을 테지만…… 개인이 세계 10대 길드의 위치를 뒤흔드는 건 위험하지. 아주 위험해."

때문에 골리앗은 자신의 위치를 공고히 다지기 위해 숨겨왔던 능력을 거리낌 없이 공개했다.

그것도 라이벌이라 칭할 수 있는 흑룡의 앞에서.

실제로 전투를 지켜보던 쿤 팽이 입을 벌리며 경악했다.

'영체화라는 스킬은 아까 카이가 사용했을 때도 그렇고, 골리앗이 사용한 것도 그렇고…… 물리 피해를 무시하는 스킬 같다.'

그것만으로도 굉장히 신경 쓰이는 스킬이다. 근접 계열의 유저들이 닭 던 개마냥 멍하니 쳐다만 봐야 하니까.

'하지만 이 게임에는 마법사라는 존재가 있지.'

그들의 도움을 받으면 영체화 스킬이라고 해도 무리 없이 잡을 수는 있다.

하지만…….

'스위칭이라니? 그런 스킬은 들어본 적도 없다.'

그 스킬로 인해 골리앗은 원할 때 물리 피해와 마법 피해.

둘 모두를 무시할 수 있게 되었다.

무적(無敵). 맞지 않고 일방적으로 적을 때릴 수 있다면, 그 존재는 무적이라 불러도 이상할 것이 없다.

"영광으로 알아라. 이 스킬 조합을 상대하는 건 유저 중에서 네놈이 최초니까."

"……."

골리앗의 자신감 넘치는 목소리를 귓등으로 흘린 카이는 우선 거리를 벌렸다. 그러고는 생각했다.

'어떻게 해야 하지?'

영체화 스킬의 지속 시간은 원래 10분이다.

그 말은 상황이 아무리 엿 같아도 10분 동안 도망만 다니면 된다는 소리다.

하지만 스위칭이라는 스킬의 존재로 상황이 애매해졌다.

'대체 스위칭의 효과가 어떻게 되는 거지?'

원래 영체화의 지속 시간인 10분 동안만 마음껏 바꿀 수 있게 만들어주는 건지. 그게 아니면 자신이 원할 때라면 언제든지 바꿀 수 있는 것인지.

머리가 복잡해진 카이의 생각은 그대로 얼굴 위로 떠올랐다.

"크큭, 당황스러운가 보군."

우드득, 우드득.

사냥 준비를 마친 골리앗은 슬쩍 말을 던졌다.

"궁금한가 보군. 과연 내가 스위칭을 몇 번이나 사용할 수 있을지. 지속 시간은 어떻게 될 지에 대해서 말이야."

"그렇다면?"

"물론······."

히죽 웃은 골리앗이 말을 이었다.

"말해줄 생각은 없다."

"······."

울컥!

머리까지 솟아오른 짜증을 겨우 가라앉힌 카이는 우선 주변을 둘러보았다.

'상황이 너무 불리해.'

평소 때라면 지형지물을 이용해 도망이라도 쳤을 테지만……

'젠장. 너무 안일했어.'

골리앗이 무방비라고 판단한 카이는 뒤쪽의 타이탄 길드원들을 무시하고 달려든 상태였다. 당연히 그의 뒤쪽으로는 70명이나 남은 타이탄 길드원들이 진을 치고 있었다.

'사제들은 모두 녹였지만…… 그래도 여전히 많아.'

서른 마리의 듀라한들이 버텨주기를 바랄 수밖에.

카이는 롱소드를 굳게 잡으며 되물었다.

"그래. 솔직히 놀랐어. 멍청한 곰인 줄 알았더니…… 뱃속에 이무기가 몇 마리나 들어 있었다니."

"흥, 멍청한 머리를 달고 쉽게 올라올 수 있는 게임이 아니다."

"하지만 뭐 하나 잊은 것 같은데?"

카이의 오른손에 들린 롱소드가 맹렬하게 회전하기 시작했다.

동시에 그의 왼손은 마법 주문을 캐스팅하기 시작했다.

"나, 더블 캐스팅 유저거든."

"크큭, 크하하하하하!"

가소롭다는 듯 크게 웃어 재낀 골리앗은 손자의 재롱이라도 보는 것처럼, 천천히 고개를 끄덕였다.

"알고 있다. 하지만…… 이제 상관없는 이야기가 되겠지. 왜냐하면……."

후우우웅!

2미터에 달하는 골리앗의 신형이 순식간에 시야에서 사라졌다.

'아래쪽! 빠르다!'

현실에서라면 절대 저 덩치로 이런 속도를 내지 못한다.

하지만 이곳은 게임.

스탯과 아이템의 영향을 받는다면 덩치에 관계없이 빛살처럼 빠른 속도를 선보일 수가 있다.

"무도가 랭킹 1위를 눈앞에 두고, 더블 캐스팅 따위를 할 여유는 없을 테니까."

말을 마친 골리앗이 솥뚜껑만 한 왼주먹을 가볍게 날렸다.

잽이다.

'검으로 가드를!'

카이는 주먹의 충격을 해소시키기 위해 뒤로 물러서면서 검을 비스듬히 들었다. 방패가 없는 전사가 검으로 피해를 경감시킬 수 있는 훌륭한 방법!

지이이이이이잉!

하지만 골리앗의 잽이 검신을 후려칠 때마다, 카이의 체력이

쭉쭉 빠져나갔다.

"아니, 무슨 공격력이……!"

"영체화와 거울 호수의 축복. 이 두 가지 스킬의 조합이라면 난 무적이나 다름없다. 그 말은 즉, 다른 이들처럼 방어에 투자를 하지 않아도 된다는 뜻이지."

한 마디로 공격력에 집중적으로 투자했다는 뜻!

카이가 보기에는 무식하기 그지없는 선택이었지만, 그 효과는 굉장했다.

"커억!"

무도가의 스킬은 기본적으로 공격 속도가 빠르지만, 대미지는 약한 편이다.

하지만 그 단점을 메꾸는 것이 있었으니 그것이 바로 연계기.

'한 번 맞으면…… 빠져나올 수 없어!'

마치 개미지옥에 발을 들여놓은 것처럼, 골리앗의 주먹을 한 번 가드하기 시작하자 카이는 쉽사리 도망칠 타이밍을 잡지 못했다.

엎친 데 덮친 격으로 영체화 스킬은 아까 사용했기에 아직 쿨타임!

'이대로는 진짜 죽는다.'

연신 얻어맞기만 하던 카이가 오른손의 검을 내지르는 것과 동시에, 캐스팅이 완료된 주문을 쏟아냈다.

"칼날 쇄도, 홀리 익스플로젼!"

콰아아아아아앙!

오른쪽에서는 검, 동시에 왼쪽에서는 신성력으로 이루어진 광선!

그 두 가지 스킬을 바라보던 골리앗이 고른 선택지는 간단했다.

"굳이 둘 중 하나를 맞아줘야 할 필요는 없지."

또다시 그 큰 몸을 기민하게 움직인 골리앗은 뒤로 크게 물러나며 카이의 공격을 모두 피해냈다.

"젠장……."

겉보기엔 영락없는 곰이지만, 전투를 치를 때만큼은 영민한 뱀처럼 움직인다.

"포기해라. 넌 날 이길 수 없으니까."

콰드드드득!

무도가의 대쉬 스킬인 도움닫기를 통해 순식간에 접근한 골리앗의 두터운 하이킥이 카이의 머리를 노렸다.

'여기선 숙이면서 역습을……!'

카이가 자세를 낮추며 돌진하는 순간, 허공 높이 떠있던 골리앗의 다리가 유선형으로 꺾이며 카이의 목을 그대로 찍었다.

"커어억!"

예상치 못한 브라질리언 킥에 무게 중심을 잃은 카이가 크게 휘청거렸다.

눈을 반짝인 골리앗은 그 기회를 놓치지 않고 득달처럼 달려들었다.

"으윽……. 칼날 쇄도!"

"스위칭, 영체화!"

후우우우욱!

다시 반투명한 상태가 되어 물리 공격을 무시한 골리앗은 두껍고 거대한 손바닥으로 카이의 얼굴을 꽈악 쥐더니, 그대로 바닥에 처박았다.

그리고 숨 돌릴 틈도 없이 이어지는 주먹!

"크윽……. 신성 사슬!"

촤르르륵!

순식간에 신성 사슬을 팔에 둘러 이를 막아낸 카이는 다시 한번 골리앗을 향해 빛의 화살을 뿜어냈다.

"스위칭. 거울 호수의 축복."

팅티티티팅!

골리앗이 황급히 뒤로 물러나며 스킬을 사용했다.

때문에 이번에도 피해는 전무.

하지만 가까스로 위기에서 빠져나올 수 있었다.

'생각보다 훨씬 강해.'

선행 스탯으로 강화된 자신의 움직임을 따라잡는 것은 물론, 반사 신경 또한 발군이다.

'마법 공격과 물리 공격을 번갈아 사용하면 정신을 빼놓을 수 있을 거라 생각했는데……'

오히려 그 반대였다.

물 흐르듯 이어지는 골리앗의 연계기에 자신이 정신을 차릴 수 없을 정도. 게다가 자신의 공격은 스위칭이라는 스킬로 모두 무시를 해버리니, 까다롭기 그지없는 상대였다.

'이럴 때 하이브리드 스킬이라도 있었으면……'

반은 마법, 반은 물리 피해로 들어가는 하이브리드 스킬!

지능과 힘을 동시에 올리는 마검사들이 아니라면 그 대미지는 매우 약한 수준이었지만, 저 상태의 골리앗을 상대할 수 있는 건 그 정도밖에 없어 보였다.

카이는 더블 캐스팅으로 골리앗을 공략하려고 했지만, 그조차도 쉽지가 않았으니까.

"자, 이제 슬슬 끝을 내도록 하지."

카이의 체력이 절반밖에 남지 않은 것을 확인한 골리앗이 천천히 다가왔다.

'동시에 두 개의 대미지가 들어가지 않는 이상 절대 못 이겨. 동시에…… 잠깐, 동시에?'

꽈르릉!

마치 벼락이 치듯, 머릿속에서 굉음이 울려 퍼졌다.

카이는 무엇에 홀린 것처럼 자신이 새롭게 터득한 기술 목록을 펼쳤다.

'분명…… 있다!'

자신이 원하던 정보를 찾아낸 카이의 눈이 반짝였다.

[태양 분신]

'태양 분신.'

선행 스탯 5개를 영구적으로 소모해야 한다는 사실 때문에, 다른 스킬은 모두 시험해 봤지만 이 스킬과 강림 스킬은 사용해 본 적이 없었다.

'이 분신이라는 게 어떤 식으로 싸울지는 감도 안 잡히지만……'

카이는 자신이 있었다.

'이쪽에서 다 맞춰주면 돼.'

분신이 물리 공격을 하면 자신이 마법 주문을, 분신이 마법 주문을 외우면 자신이 물리 공격을, 심지어 분신의 움직임을 살피며 공격 타이밍도 자신이 맞추면 된다.

거기까지 생각이 미친 카이는 망설임 없이 입을 달싹였다.

"태양 분신."

스킬을 외우자 강렬한 태양빛이 카이를 스캔이라도 하듯,

한 차례 쭈욱 훑고 지나갔다.

[태양 분신 스킬을 사용했습니다.]
[선행 스탯 5가 영구적으로 소모됩니다.]
[태양 분신의 레벨과 스탯은 시전자의 70%로 설정됩니다.]
[레벨 216, 카이(분신)가 소환되었습니다.]

"……."

깜빡.

자신과 똑같은 장비를 입은 채, 하얀 신체를 가지고 있는 존재. 눈, 코, 입이 없는 것을 제외하고는 신장이나 팔다리 길이가 똑같았다.

'얼굴까지 똑같았으면 기분이 살짝 묘했겠어.'

어쩌면 소름이 돋았을 수도.

"흐음?"

상황을 파악하지 못한 골리앗이 인상을 찡그리자, 분신의 얼굴 어딘가에서 무뚝뚝한 음성이 흘러나왔다.

"대상 확인 완료. 교전을 시작합니다."

58장
두 개의 게이트

　태양의 분신은 레벨 216 수준의 카이와 다름없다.

　하지만 카이의 216레벨과, 다른 유저들의 216레벨은 그 의미
가 사뭇 다르다. 하물며 분신은 카이의 뜻대로 움직일 수 있는
생명체가 아니었다.

　"상대방의 전투 패턴 분석 중"

　골리앗을 빤히 쳐다보던 카이의 분신이 잠시 후 검을 뽑아
냈다. 동시에, 그의 왼손은 홀리 익스플로젼을 캐스팅하기 시
작했다.

　"흥. 뭐가 뭔지는 모르겠지만……."

　같은 장비를 입고 있다.

　골수 게이머인 골리앗은 그 정보 하나로 진실에 가까운 결
론을 도출해 냈다.

'시전자의 도플갱어 같은 건가? 레벨은 216…… 대충 시전자 능력의 70% 정도를 낸다고 보면 되겠군.'

순식간에 계산을 마친 골리앗은 뒤쪽에 물러선 채 힐을 시전하는 카이를 쳐다봤다.

"뭐, 이 정도 레벨의 분신이라면 시간 벌기 용으로 꺼내 든 것 같다만……."

화아아악!

섬전처럼 움직인 골리앗의 거대한 신형이 하늘을 날았다.

"이런 장난감으로 날 진지하게 이길 생각은 하지 않았을거라 믿는다. 흐읍!"

이어서 바닥을 향해 떨어지는 거인의 주먹.

하지만 분신은 이를 아주 자연스럽게, 마치 피하는 것이 당연하다는 것처럼 피해 버렸다.

'이걸 피해?'

카이 본인조차 근근히 막아내던 공격을 분신 따위가 깔끔하게 피해낸다?

당황한 골리앗은 곧장 허리를 뒤틀며 다리를 차올렸다.

목표는 분신의 머리!

다가오는 하이킥을 감지한 분신은 몸을 숙이며 앞으로 달려나왔다.

'그럼 그렇지. 주인이나 도플갱어나 대처법은 똑같군.'

씨익 웃은 골리앗은 하늘을 향해 길게 뻗어 나가던 두꺼운 다리를 유연하게 꺾었다.

교과서에 실릴 법한 깔끔한 브라질리언 킥!

조금 전 카이에게 커다란 충격을 줬던 강력한 한 방이었다.

후욱!

하지만 카이의 분신은 마치 미래를 읽은 것처럼, 돌연 걸음을 멈춰 세웠다. 그러자 녀석의 귀 끝을 살짝 스치고 지나가는 골리앗의 발차기.

"······!"

예상치 못한 반응에 골리앗이 당황한 틈을 타서, 분신이 바닥을 박차고 튀어나갔다.

"칼날 쇄도."

"크윽. 스위칭, 영체화!"

"홀리 익스플로젼."

"스위칭, 거울 호수의 축복!"

분신의 공격을 간발의 차로 모두 무효화시킨 골리앗은 황급히 뒤로 물러났다.

"도플갱어 주제에······."

공격이 제법 날카롭다.

오죽하면 제 주인보다 낫다는 생각이 들 정도.

'만약 카이 녀석이 이 녀석과 함께 합공을 시작하면······.'

상황이 불리해질 수도 있다.

등골을 스멀스멀 타고 올라오는 불안감에 골리앗은 버럭 소리쳤다.

"그깟 듀라한들을 상대로 뭐하는 짓이냐! 어서 해치우고 합류해!"

"예!"

자신감 넘치는 목소리로 대꾸한 타이탄 길드원들의 공세가 매서워졌다.

본인의 회복을 마치고 그 모습을 쳐다보던 카이가 눈을 반짝였다.

"그렇겐 안 되지. 매스 블레스, 태양의 축복, 태양의 갑옷. 햇살의 따스함."

전장을 관망하던 카이는 듀라한들에게 각종 버프를 걸고, 체력을 회복시키기 시작했다.

"말도 안 돼!"

"어, 언데드인데 회복 스킬에 영향을 받는다고?"

"사기잖아!"

"그러게. 놀 스켈레톤 때도 그렇더니, 애네도 그러네."

타이탄 길드원들의 비명에 카이는 어깨를 으쓱거리며 대꾸했다.

'사제 클래스를 지닌 채 네크로맨시 스킬을 배운 사람이 여

태 없어서 그런가.'

카이는 예전에 자신이 소환한 놀 스켈레톤에게 힐 스킬을 사용해본 적이 있다. 녀석들을 죽여서 경험치가 들어오는지를 확인하기 위함이었지만, 결과적으로 녀석들의 체력만 회복이 되었다.

'그 말은 즉 듀라한들도 치료할 수 있다는 뜻.'

텅텅텅!

카이의 지원을 받은 듀라한들이 더욱 거칠게 움직이기 시작했다. 지금까지는 제법 격렬하게 저항하는 불꽃이었다면, 지금은 화염의 파도가 되어 타이탄 길드원들을 몰아붙이고 있었다.

게다가 듀라한들이 적을 죽일 때마다, 언데드의 하위 병종인 스켈레톤으로 살아나 자신의 동료였던 이들을 공격했다.

"크으으……."

부하들이 합류할 때까지는 버텨야 한다.

그 사실을 인지한 골리앗이 귀찮다는 표정을 지었다.

"자, 그럼 다시 시작해 볼까."

치료를 마치고 전장에 복귀한 카이가 빙긋 웃었다.

"웃지 마라. 분신 하나 추가되었다고 네놈이 이길 가능성은……."

"마나, 부족하지?"

"……!"

카이가 뜬금없이 던진 말에 골리앗의 얼굴이 한 차례 경직되었다.

하지만 이어서 태연함을 가장한 그가 고개를 갸웃거리며 되물었다.

"무슨 소리를 하는 건지 모르겠군."

"와우. 이번에 죽으면 게임 접고 배우 해보는 게 어때? 웬만한 배우 저리 가라 할 연기력이셔."

이죽거리며 본인의 검을 뽑은 카이가 눈을 가늘게 뜨며 골리앗의 전신을 훑었다.

"뒤에서 치료를 하면서 내 분신이랑 싸우는 걸 봤어. 그리고아까 내가 싸울 때의 상황도 계속해서 복기했지."

"그런다고 달라지는 건 없을 텐데?"

"아니, 있더라고."

골리앗의 공격은 빠르고, 매섭다. 눈앞에서 직접 마주하면막아내는 것에 급급할 정도로 날카로운 공격들의 향연이다.

'하지만······.'

그중에서 골리앗이 사용한 공격 스킬은 단 하나도 없었다.

"네놈이 여태까지 사용한 스킬은 딱 세 가지뿐이야. 스위칭,영체화, 그리고 거울 호수의 축복."

"······."

"스위칭이라는 스킬, 마나를 무지하게 잡아먹는 거지?"

"헛소리."

"계속 궁금했거든. 왜 공격 스킬을 쓰지 않는지 말이야. 아까 내가 땅에 누웠을 때, 스킬을 썼으면 날 끝냈을 수도 있었잖아?"

"시나리오 한번 잘 쓰는군."

"쫄리면 죽으시던지."

촤악!

검 끝으로 골리앗을 겨눈 카이가 나지막하게 읊조렸다.

"스위칭 스킬을 사용하느라 공격 스킬도 제대로 쓰지 못하는 네가, 앞으로 몇 번이나 더 버틸 수 있을까?"

만약 골리앗이 스위칭 스킬을 무한대로 사용할 수 있다면, 그는 공략 불가능한 괴물이나 다름없다.

'하지만 태양의 분신이 있고, 스위칭은 마나를 무지막지하게 잡아먹는 게 분명해.'

페가수스 사에서 공략이 불가능한 무적의 스킬을 만들어낼리는 없다. 실제로 신화 등급 직업인 카이의 스킬들만 해도 나름 공략할 여지는 있다.

"……말이 길군."

골리앗이 자세를 잡으며 손을 까딱였다.

"와라."

"원한다면."

카이가 턱을 까딱이자, 분신이 먼저 골리앗에게 달려들었다.

'칼날 쇄도와 홀리 익스플로전을 먼저 쓰는구나.'

태양 분신의 전투법은 마치 교과서에 실릴 것처럼 정석적이었다. 그 어떤 변칙이나 함정도 없는, 순수한 전투법.

'하지만…… 기본 능력 자체가 뛰어나.'

자동으로 움직이는 분신의 연산력은 실제로 굉장했다.

골리앗과 치고받으면서 더블 캐스팅을 유지하는 건 카이조차 할 수 없었으니까.

'그러면 나는 녀석에게 맞추기만 하면 되지.'

칼날 쇄도와 추적하는 빛의 화살을 꺼내든 카이는 골리앗의 뒤를 돌아갔다.

"쥐새끼 같은!"

영체화 스킬을 사용한 골리앗이 뒤로 물러서며 분신의 검을 피해냈다.

하지만 그 위로 쏟아지는 카이의 빛의 화살!

퍼버버벅!

"크윽!"

전투 이래 최초로 골리앗의 체력이 빠지는 순간이었다.

게다가 방어를 포기한 골리앗이니만큼, 그 공격 한 번에 체력이 12%나 날아갔다.

"생긴 것과는 다르게 허약해서 어떡하나?"

"감히……!"

골리앗이 분신을 따돌리며 카이에게 달려들었다.

'분신의 공격은 어차피 이 녀석보다 약해.'

그러니 분신의 공격은 허용하고, 카이의 공격만 피한다.

동시에 카이를 개 패듯이 패서 죽여 버린다.

이것이 골리앗의 작전이었다.

"훌륭한 선택이야. 하긴, 명색이 10대 길드 마스터인데 그 정도로 머리가 안 돌아갈 리는 없지."

콰아아아앙!

황소처럼 돌진한 골리앗이 어깨를 이용해 그대로 카이를 박아버렸다.

"흐읍!"

하지만 미리 대비를 하고 있던 카이는 발바닥으로 골리앗의 어깨를 가볍게 밟고, 반동을 이용해 허공으로 떠올랐다.

"하! 도망칠 곳 없는 허공으로 도망치다니."

카이의 어리석은 행동을 비웃은 골리앗이 그대로 허공으로 튀어 올랐다.

'여기서 치명타를 터뜨리면…….'

골리앗의 이두근이 크게 부풀었다. 마치 터지기 전의 폭탄처럼 크게 부풀어 오른 그의 주먹이 쏟아지기 전.

뒤쪽에서 거슬리는 소리가 들려왔다.

촤르르르르륵!

"뭐?"

"내 분신의 공격력이 약하다고 해도, 배제하면 안 되지."

콰드드득!

순식간에 골리앗의 목을 몇 차례 둘러싼 사슬은, 무정하게 그의 신형을 바닥으로 끌어당겼다.

부우우우웅!

골리앗이 황급히 주먹을 휘둘렀지만, 이는 허무하게 허공을 휘둘렀다.

동시에 바닥을 향해 추락하는 골리앗.

그리고 그 모습을 쳐다보던 카이가 손가락으로 이를 겨냥했다.

"홀리 익스플로젼!"

콰아아아아앙!

"스, 스위칭! 거울 호수의······!"

골리앗이 황급히 입을 열었지만, 이미 쏘아진 빛보다 빠르게 말을 할 수는 없는 법. 순식간에 이에 얻어맞은 골리앗은 바닥에 그대로 처박혔다.

"꽉 잡아!"

홀리 익스플로젼을 쏘아낸 반탄력으로 허공 높이 떠오른 카이가 검을 빼 들었다.

'여기서 끝낸다.'

남아 있는 골리앗의 체력은 70%.

절대 적은 수치는 아니었다.

'하지만 여기서 끝내야 해.'

축복을 받은 듀라한들이 버티고 있지만, 그리 긴 시간을 버티지는 못한다. 이 기회를 놓치면 골리앗은 수비적으로 전투를 할 것이 불 보듯 뻔했다.

"업그레이드."

[업그레이드 스킬이 사용되었습니다.]
[다음에 사용할 스킬 세 개의 효과가 대폭 강화됩니다.]

"파이널 어택, 칼날 쉐도, 홀리 익스플로젼."

세 개의 스킬을 강화한 카이의 신형이 천천히 아래로 떨어지기 시작했다.

시간이 흐를수록 중력에 의해 가속도가 붙는 그의 몸!

"크윽, 비켜라!"

골리앗은 두 주먹으로 분신의 머리를 몇 번이고 후려치고 있었다.

하지만 분신은 체력이 바닥에 나면서도 골리앗의 위에 꽉 엎드린 채 그를 놓지 않았다.

'무, 무슨 스킬이 날아오지? 아까의 그 광선? 아니면 검?'

카이의 왼손과 오른손을 번갈아 쳐다보는 골리앗의 눈동자가 거세게 흔들렸다.

마치 목숨이라는 판돈을 걸고 가위바위보를 하는 기분.

그것마저도 압도적으로 불공평하다.

'나는 지면 모든 것이 끝이지만……'

상대는 자신이 이길 때까지 몇 번이고 같은 수를 시도할 수 있다.

'물리 피해? 아니면 마법 피해?'

골리앗의 모든 신경이 눈 끝으로 몰렸다. 눈동자 가득 핏줄이 서고 카이의 왼손과 오른손만을 주시하던 찰나!

"가려."

카이가 명령을 하자 분신이 황급히 손을 뻗어 골리앗의 눈을 가렸다.

"이, 이런! 스위칭! 거울 호수의 축복!"

순간적으로 카이의 움직임을 놓친 골리앗은 순간적으로 최선의 판단을 했다.

'역시 똑똑해. 영체화를 쓰지 않은 걸 보니까.'

영체화를 사용하고 있으면 마법 피해를 입을 시 두 배의 피해를 받게 된다. 모르긴 몰라도 거울 호수의 축복에는 그러한 페널티가 없어 보였다.

한 마디로 골리앗은 자신이 할 수 있는 최고의 선택지를 내민 것.

"하지만……."

애초에 이 가위바위보의 승자는 처음부터 정해져 있었다.

"먼저 낸 네가 진 거야."

카이의 오른손이 벼락처럼 움직이며 검을 내질렀다.

콰드드드드드드드드드득!

분신은 타이밍을 맞춰 영체화를 사용했고, 카이의 검은 미끄러지듯 골리앗의 심장을 관통했다.

"크아아아아아악!"

자신의 체력이 순식간에 바닥으로 치닫는 것을 쳐다보던 골리앗이 비명을 내질렀다.

"조금 아플 거야."

방어력에 투자도 하지 않은 녀석이다. 얼마 있지도 않은 방어력이 파이널 어택 효과로 인해 무시가 되어버렸고, 공격력마저 세 배로 뻥튀기가 된 상태.

"집에 가고 싶을 정도로 말이야."

그 말과 함께 골리앗의 몸이 쩌저적 갈라지기 시작했다.

"아, 안 돼……!"

한 번 생기기 시작한 균열은 연쇄작용을 일으켰다.

쩌저저저적!

골리앗의 건장한 신체가 전부 조각처럼 갈라지고, 크게 뜨여진 두 눈에서 하얀빛이 새어 나왔다.

"요, 용서하지 않겠……!"

"그러게, 바체 앞에서처럼 조절 좀 잘하지 그랬어."

분노를 조절하지 못한 자의 최후는 참담했다.

철그렁.

최소 레어 등급으로 보이는 건틀렛 하나를 남겨둔 채 사라져 버렸으니까.

"아니, 유니크 등급이려나."

세계 10대 길드의 마스터가 사용하던 장비이다.

입고 다니는 장비들만 합쳐도 몇억은 우습게 나올 터.

게다가 무기는 그 어떤 부위보다 값이 더 나간다.

"잘 쓸게."

[악마의 건틀릿을 획득하셨습니다.]

아이템을 인벤토리에 넣은 카이는 흐트러진 폴리곤 조각들을 가볍게 지르밟으며 앞으로 걸어 나갔다.

방금 전까지 전장에 울려 퍼지던 병장기 부딪치는 소리는 멈춘 지 오래였다.

모두 골리앗의 죽음이 만들어낸 효과.

"……."

"마, 마스터가…… 졌다고?"

"……그럼 우리는 어떻게 해야 되지?"

자신들이 믿고 따르던 마스터마저 잡아먹은 랭킹 1위의 괴물. 카이가 자신들에게 다가오자 타이탄 길드원들이 뒤로 주춤주춤 물러났다.

철그렁, 철그렁.

검은색으로 도배된 언데드 군단이 신성한 사제복을 입고 있는 카이를 자연스럽게 호위하는 모습은 누가 보기에도 우스꽝스러웠다.

하지만, 그 자리에서 웃음을 짓는 이는 아무도 없었다.

지금 막 두 번째 공룡을 먹어치운 광포한 사냥꾼 앞에서 숨을 죽일 뿐.

"이봐, 흑룡."

"……무슨 일입니까."

카이의 부름에 답하는 쿤 팽의 목소리는 정중했다.

쟈오 린으로부터, 카이의 심기를 거스르지 말라는 명령이 하달된 상태였으니까.

"이 전쟁은 이미 결판이 났다고 봐도 되겠지? 내가 좀 바쁜 몸이라서."

"음……. 타이탄 길드의 마스터는 사망한 상태고, 이대로 전투가 지속되어도……."

사기가 바닥까지 떨어진 채 무기력함을 느끼는 타이탄의 랭커들을 바라보던 쿤 팽이 고개를 설레설레 저었다.

"결과가 바뀔 것 같지는 않군요. 흑룡은 카이님이 전쟁에서 승리했다는 것을 인정하겠습니다."

"그래? 그럼 이제 벽 좀 철거해 주지 않을래."

무대를 만들고 있던 흑룡 길드원 하나의 어깨를 툭툭 치면서 묻자, 쿤 팽이 냉큼 대꾸했다.

"비켜드려라."

"예."

대답과 동시에 흑룡 길드원들이 옆으로 갈라지며 통로를 만들어냈다.

"그럼 나는 이만 바빠서."

언데드 군단을 데리고 자리를 이탈하려던 카이가 문득 걸음을 멈췄다.

"아, 잠깐만."

"……왜 그러십니까?"

침을 꿀꺽 삼킨 쿤 팽이 조심스럽게 물었다.

흑룡이 크게 잘못한 것은 없다지만, 카이의 입장에서 볼 땐 충분히 미운털이 박힐 만한 행동을 한 건 사실이니까.

물론 그 사실을 인지하고 있는 카이는 쿤 팽을 쳐다보며 빙그레 미소를 지었다.

"여기에 마법사들도 제법 데려왔지?"

"그럭저럭 있습니다만."

"그럼 나랑 우리 애들 텔레포트 좀 시켜줘라."

"……."

천하의 흑룡 길드 마법사들을 무슨 택시처럼 사용하려고 하는 막돼먹은 인간!

하지만 점점 찌푸려지는 카이의 인상을 쳐다보던 쿤 팽은 에버랜드 매표소 직원처럼 밝은 미소를 지으며 말했다.

"그 정도 서비스는 저희가 당연히 해드려야지요. 어이! 텔레포트 준비해라!"

흑룡의 참모 쿤 팽은 눈치가 빠른 사람이었다.

하급 게이트와 중급 게이트를 파괴하는 건 적당히 레벨이 맞는 유저들이 모이면 가능하다.

하지만 상급 게이트는 달랐다.

애초에 침공 이벤트 자체가 저레벨 유저들보다는 고레벨 랭커들을 위한 이벤트. 페가수스 사는 그들이 보상을 손쉽게 가져가도록 만들어놓지 않았다.

"젠장……."

"저 몬스터들을 어떻게 다 죽여?"

"저 정도 숫자라면 세계 10대 길드 중 한 곳은 더 와야 해볼 만한 수준이야."

바덴 성의 성채에 서 있던 유저들은 단체로 낮은 신음을 뱉어냈다.

프레이 길드가 전투에 합류할 때만 해도 기세는 최고였다.

하지만 두 마리의 보스 몬스터가 전장에 출몰하면서 상황이 급변했다.

트롤 히어로와 트리플 헤드 오우거. 이벤트가 아닌 다음에야 쉽게 찾아볼 수도 없는 수준의 몬스터들이다.

그들에게 로그아웃 당한 유저들의 숫자가 두 자리가 넘은 순간, 그들은 성 내부로 후퇴해야만 했다.

"바덴 성이 밀리면 이후에는 어떻게 되는 거지?"

"글쎄. 다른 건 몰라도 바덴 백작은 라시온 왕국에 큰 영향력을 행사하는 인물 중 하나야."

"끄응, 골치 아파지겠구만."

"퀘스트 동선도 다 꼬일 테고, 완료가 불가능해지는 퀘스트가 속출하겠지."

"페가수스 놈들, 장사할 생각이 없는 건가? 왜 이런 곳에 상급 게이트를 두 개나 설치해놓은 건지……."

참담한 현실에 고개를 절레절레 흔든 유저들은 소리를 질러 대는 몬스터들을 보며 치를 떨었다.

'보스 몬스터의 등장 하나만으로 놈들의 기세가 바뀌었다.'

'저게 상급 게이트에서 나온 보스 몬스터의 존재감인가……'

'그나마 다행인 건 보스 몬스터 이후로 게이트에서 더 이상 몬스터가 나오지 않는다는 건데……'

'쭛, 그래도 성이 함락당하는 건 시간문제겠어.'

몬스터들 주제에 머리를 쓸 줄 안다. 바덴 성의 단단한 성채를 쉽게 뚫을 수 없다는 것을 깨달은 놈들은 숲과 산에서 커다란 바위나 나무뿌리 등을 가져왔다.

"저걸로 성문을 뚫을 생각이야."

"젠장, 트롤이랑 오우거 따위가 저렇게 똑똑해도 돼?"

"……우리가 죽으면 NPC들은 모두 어떻게 되는 걸까."

한 유저의 뜬금없는 질문에 불만을 토로하던 이들이 합죽이처럼 입을 다물었다.

'어떻게 되기는……'

'전부 죽겠지.'

누구나 그 사실을 알고 있었지만 입 밖으로 쉽게 흘러나오지는 않았다.

아무리 프로그램이라는 걸 알고 있다지만, 두려움에 몸을 벌벌 떨며 기도를 올리는 그들의 모습은 어딜 봐도 인간처럼 보였으니까.

"끄응. 커뮤니티에 지원 요청을 올리긴 했거든?"

"소용없어. 보스 몬스터가 등장하면 그 주변에서는 텔레포트 마법을 사용할 수 없으니까."

"결국 다른 유저들의 도움을 바랄 수는 없다는 소리인가."

"모르지. 가까운 도시로 텔레포트 한 다음에 거기서부터 뛰어오는 놈들이 있을 수도."

"퍽이나 있겠다. 랭커들 습성 몰라? 견적 안 나오면 몸 사리면서 안 움직이는 거."

하물며 패색이 짙은 바덴 성을 지원하러 온다?

지나가던 개가 웃을 일이었다. 심지어 바덴의 성채는 수성을 하기에 적합한 조건을 갖춘 것도 아니었다.

성의 사면이 평야로 이루어진 덕분에 교통과 문화 교류의 중심지가 될 수는 있었지만, 지금 같은 상황에서는 그 부분이 치명적인 단점으로 작용했으니까.

'동서남북, 어디를 공격당해도 이상하지 않아.'

'몬스터들의 숫자가 적은 것도 아니고……'

'성이 완벽하게 포위당하기 전에 도망쳐야 되나?'

유저들이 다양한 생각을 이어가던 그 시각.

성의 영주 홀에서는 한 노인이 이마를 짚고 있었다.

"성주님. 결단을 내리셔야 합니다."

"······후우."

바덴 성의 영주이자 라시온 왕국의 귀족인 하인드 백작의 입에서 깊은 한숨이 흘러나왔다. 그는 자신의 눈앞에 공손하게 앉아 있는 여인을 쳐다보았다.

'태양교의 새로운 성녀.'

일개 모험가가 교단의 성녀로 발탁된 건 그 자체만으로도 놀라운 일이었다.

하지만 그녀는 빠르게 모험가들의 세력을 일궈냈고, 이제 프레이라는 이름은 이 세계의 주민들 사이에서도 제법 이름이 높았다.

"그래서 뭘 어쩌면 좋겠다는 거요."

"자리를 피하셔야 합니다. 저희가 모실 테니······."

"어림없는 소리!"

콰앙!

늙은 노장이 눈을 매섭게 뜨며 책상을 내려쳤다.

"지금 나를 믿고 따르는 영지민들을 버리라는 소리인가? 그들과 나와 선대가 일군 고향을 포기하라는 소리인가?"

"때로는 놓아주셔야 할 때도 있는 법이에요."

"허어. 사람 목숨을 그리 쉽게 놓으라니, 교단의 성녀라는 사람이 내뱉을 말은 아닌 것 같군."

미네르바는 줄기차게 하락하는 호감도 창을 쳐다보며 입술을 깨물었다.

"저라고 이런 방법을 추천드리고 싶은 건 아니에요. 하지
만…… 바덴 성은 이미 회생 불가의 타격을……."

"나에게는 아직 견고한 성채가 있으며 나의 영지민, 기사와
병사들이 존재하네. 그들을 지키고자 하는 나의 마음이 꺾이
지 않는 한, 내가 먼저 등을 돌리는 일은 없을 걸세."

하인드 백작은 못질이라도 하듯 단호한 목소리로 말했다.

"후우……."

지도자로서는 최고의 덕목을 지닌 작자이다.

하지만 바덴 성에 발이 묶여 버린 미네르바는 머리가 아파
져 오는 것을 느꼈다.

'보스 몬스터들의 기운 때문에 텔레포트 게이트는 사용할
수가 없어. 지원은 없고, 이쪽의 전력이 터무니없이 부족해.'

여차하면 마법사들의 텔레포트 마법 또한 이곳에서는 사용
할 수 없다.

성을 나가 보스들의 디버프 영역을 벗어나야만 사용할 수
있다. 엎친 데 덮친 격으로 언노운, 카이는 연락조차 되질 않
았다.

'설마 우리를 쳐내기 위한 고도의 함정…… 일 리는 없겠지.'

굳이 그가 자신들을 적대할 이유는 어디에도 없다.

카이가 태양교의 교황을 구워삶은 이상, 좋든 싫든 프레이

길드는 그와 한배를 타야 하니까.

'우리 길드의 전력을 깎아서 이득 볼 건 없으니 정말 무슨 일이 생겼다는 건데…….'

쿠우웅.

미네르바가 옅은 신음을 내뱉는 순간, 또 한 번의 거대한 충격이 성을 뒤흔들었다.

"하인드 백작님……."

"후우."

얼굴에 가득 떠오른 수심과 자글자글한 주름을 손으로 쓸어보인 백작은 기사단장에게 물었다.

"성채는 모두 포위당했나?"

"몬스터들의 수가 많다고는 하지만 성채의 사면을 촘촘하게 뒤덮을 정도는 아닙니다. 그 때문인지 아직 동문의 경계는 느슨한 상태입니다."

"……여기서 시간을 좀 끌어준다면 여자와 아이들, 노인들을 데리고 빠져나갈 수 있겠나?"

하인드 백작의 물음에 기사단장이 눈을 휘둥그렇게 뜨며 소리쳤다.

"백작님! 가셔도 백작님이 가장 먼저 가셔야……."

"아니, 나에겐 그들을 지킬 의무가 있네. 그들이 무엇을 위해 세금을 내고, 이곳을 터전으로 삼으면서 평생을 살아왔겠는가. 나의 영역 아래라면 안전하다는 생각 하나 때문이겠지."

쿠우우우우웅!

성채가 다시 한 차례 흔들리며 먼지 더미가 내려앉았다.

손을 휘저어 허공의 먼지를 흩어낸 하인드 백작이 자리에서 일어났다.

"싸울 의지가 있는 남자들에게는 무기를 쥐어주어라. 그리고 여자와 아이들, 노인들부터 먼저 대피를 시키도록 하지. 이대로 있다가는…… 개죽음밖에 되질 않아."

"하, 하지만……."

기사단장은 죽음을 각오한 주군의 결단에 존경을 품으면서도 안타까운 눈빛을 드러냈다.

툭툭.

그런 그의 마음을 읽은 하인드 백작은 기사단장의 어깨를 부드럽게 두드리고는, 전장을 전전할 때면 항상 자신을 보호해 주던 금빛 투구를 푹 눌러썼다.

"예전에 선대 영주인 아버님께서 내게 이런 말씀을 해주셨네. 좋은 영주는 먼저 움직일 때와 천천히 움직일 때의 차이점을 알아야 한다고. 내 보기에 지금은 천천히 움직여야 할 때인 것 같군."

"지금 몸도 성치 않으신 분이…… 전장에 나서시겠다는 말입니까?"

"바깥 공기를 쐬면 다 낫게 되어 있네."

씨익 이를 드러내며 웃는 하인드 백작은 노장임에도 불구하고 덩치가 제법 좋았다. 근육질의 몸매는 그의 수염과 머리카락이 하얗게 셌다는 걸 가릴 정도로 단단해 보였다.

다만, 그의 창백한 얼굴에서는 감출 수 없는 병색이 엿보였다.

"병력은?"

"호위대를 제외한 73인과 병사 425인이 백작님을 모실 겁니다."

"흐음. 그대들은 어쩔 생각인가."

미네르바는 자신에게 향한 깊은 눈동자를 마주보며 고민했다.

'만약 여기서 프레이 길드가 빠지게 된다면?'

바덴 성은 몬스터들에게 점령당한다.

당연히 프레이 길드의 명성은 땅에 떨어질 터.

'유저들에게 손가락 받는 건 그리 상관없어. 하지만……'

NPC. 그것도 라시온의 귀족과 왕에게 미운털이 박히는 것은 치명적이다. 특히나 주 무대가 라시온 왕국인 프레이 길드에게는 더더욱.

결국 그녀는 자신이 택할 수 있는 최고의 선택지를 골랐다.

"물론 저는 백작님과 함께 전장에 나서겠습니다. 그리고 아이와 여자, 노인분들을 대피시킨다고 말씀하셨는데, 제 세력의 절반을 호위로 보내겠습니다."

"음. 배려에 감사하네."

길드 전력의 절반이라도 보존하기 위함이었지만, 하인드 백작은 순수히 감사를 표했다.

철그렁, 철그럭.

바덴 성이 분주해지기 시작했다. 기사들이 각자의 장비를 마지막으로 점검하기 시작했고, 사랑하는 사람들을 지키기 위해 자원한 남자들에게 무기가 분배되었다.

'유저들의 수도 적지는 않아.'

바덴 성을 터전으로 잡은 유저들만 해도 수백 명. 그들과 프레이 길드, 그리고 NPC의 군대라면 정면 승부는 무리더라도 수성 정도는 가능해 보였다.

'최대한 버티면서 카이가 오는 것을 기다릴 수밖에……'

물론 그조차도 회의적이다.

그가 이 전장에 엘프와 인어들을 데려올 것 같지는 않으니까.

'아마 혼자서 오겠지.'

랭킹 1위의 플레이어라고는 하나, 미드 온라인에서 개인이 할 수 있는 일에는 한계가 있는 법이다.

하지만 현재 미네르바가 잡을 수 있는 동아줄은 카이가 유일했다.

"나의 영지민들이여."

바덴 성 최후의 전투가 될 수도 있는 싸움을 앞두고, 하인드 백작은 전사들을 내려다보았다. 엉성한 무기와 갑옷들을 덕지덕지 입은 채, 죽음을 각오한 진정한 전사들.

'이런 사람들이 있기에 바덴은 500년이라는 시간 동안 건재할 수 있었다.'

그 사실을 누구보다 잘 알고 있는 하인드 백작이 검을 뽑아 하늘을 가리켰다.

"오늘 우리는 사랑하는 연인과 가족, 그리고 스스로와 고향을 지키기 위해 싸운다!"

"오오오!"

"몬스터들의 군대는 강력할 것이다. 하지만! 이미 죽음을 각오한 우리를 두렵게 만들 수는 없을 것이다."

"오오오!"

"우리가 시간을 더 벌수록, 사랑하는 사람들이 더 멀리 도망칠 수 있다는 것을 잊지 말아라!"

하인드 백작의 검을 받아 성스럽게 빛났다.

"태양신께서 우리를 축복해 주신다! 바덴을 위하여!"

"바덴을 위하여!"

NPC들의 눈물겨운 행동에 감수성 여린 유저들은 벌써부터 눈시울을 훔쳤다.

"젠장⋯⋯. 할배 주제에 뭐 저리 멋있냐."

"오늘 전투. 죽을 때까지 열심히 싸워볼란다."

"이 상황에서 도망치면 밑에 달린 거 떼야지."

이어서 바덴 성의 NPC호위대와 프레이 길드가 노인과 아이, 여자들을 데리고 동문으로 빠져나갔다.

콰아아아아아앙!

동시에 서문의 두꺼운 문이 몬스터들에 의해 파괴되었다.

스르르릉!

"나를 따르라!"

두려움을 모르는 듯한 하인드 백작이 선두를 차지하며 튀어나갔다.

"저 할아버지가 정말……."

당황한 음성을 뱉어낸 미네르바가 다급히 길드원들에게 명령했다.

"우리 길드도 곧장 전투에 참여합니다! 바덴 성의 영주가 죽지 않도록 최선을 다하세요!"

그녀의 뾰족한 음성이 광장에 퍼지는 것과 동시에, 그녀의 메시지창이 반짝거렸다.

'카이……!'

발신자를 확인한 미네르바의 눈이 반짝거렸다.

-카이 : 30분만 버티십시오.

-미네르바 : 30분이라뇨? 지금 서문이 뚫려서 몬스터들이 해일처럼

들어오는 중이예요. 15분도 아슬아슬하다구요.

　-카이 : 성녀 클래스가 그렇게 볼품없지는 않을 텐데요? 거, 좋은 패 숨겨놨다가 무덤 가져갈 것도 아니고 이럴 때 좀 씁시다.

　-미네르바 : 그, 그런 말이 그렇게 쉽게…….

　-카이 : 아무튼 30분입니다. 그동안만 버티면, 뒤는 알아서 하겠습니다.

[대화가 종료되었습니다.]

“이이……!”

제멋대로에 안하무인인 카이의 행동!

하지만 미네르바는 혈관이 툭 불거진 이마를 주무르면서도 희미한 미소를 지었다. 카이는 여태껏 쉬운 것 하나 없던 수많은 전장에서 기적적인 승리를 일궈낸 사람이었다.

그 사실이 미네르바로 하여금 자그마한 안식을 가져다주었다.

‘30분만 버티면 그 뒤는…….’

괴물이 책임져 줄 것이다.

“이게 최선입니까? 확실해요?”

“…….”

흑룡 길드의 마법사 부대를 지휘하는 샤오유는 카이의 질문에 할 말을 잃어버렸다.

그가 이동을 원하는 바덴 성은 이미 보스 몬스터가 나온 상황. 당연히 그곳으로의 텔레포트는 불가능했다.

'심지어 바덴 성에는 상급 게이트가 두 개나 열렸고, 두 곳 모두에서 보스가 나왔어.'

텔레포트를 할 수 없는 영역은 다른 도시보다 훨씬 넓은 것이다. 때문에 바덴 성과 가장 가까운 도시를 순식간에 계산하여 텔레포트를 한 것이건만……

"최, 최선이에요. 여기서 더 이상 갈 수가 없어요. 보스 몬스터들의 파장 때문에……"

"그럼 저는 여기서부터 바덴 성까지 어떻게 가지요?"

"예? 그건 저도 잘……"

그걸 왜 자신들에게 묻는단 말인가.

고개를 갸웃거리는 샤오유를 쳐다보던 카이가 한숨을 내쉬었다.

"책임자 불러주세요."

"예? 마법사 부대를 이끌고 있는 건 저예요. 책임도 물론 저에게……"

"그래요? 그건 나와 흑룡 길드가 전쟁을 벌여도 그쪽이 모두 책임질 수 있다는 소리겠지요?"

"호, 호호…… 농담 한 번 살벌하게 하시네요오……"

샤오유가 어색한 웃음을 지으며 말하자, 카이의 눈매가 싸늘해졌다.

"농담? 지금 이게 농담처럼 들립니까?"

"네, 네?"

왜 자신을 이렇게 못 잡아먹어 안달인지. 만약 다른 유저가 자신을 이런 식으로 대했다면 마법으로 꽁꽁 얼려버렸을 것이다.

하지만 상대는 다름 아닌 카이.

'검은 별과 타이탄을 짓밟은 괴물 같은 녀석. 게다가 마스터는……'

최대한 그의 심기를 거스르지 말라고 하셨다.

이러지도 저러지도 못하게 된 샤오유는 최대한 억울한 표정을 지었다.

남성들이라면 그 표정을 보는 것만으로 입을 헤 벌릴 것 같은 가녀리고 청순한 표정!

하지만 애석하게도 카이에게는 씨알조차 먹히지 않았다.

"아, 혹시 억울하세요?"

"그건 아니지만……"

"아니긴요. 얼굴 보니 지금 굉장히 억울하신 것 같은데…… 그거 알아요?"

카이가 한 발자국 앞으로 나서며 말을 이었다.

"흑룡 쪽에서 나와 타이탄의 싸움을 성사시키지만 않았어도, 난 지금쯤 바덴 성에서 싸우고 있을 거예요. 아닙니까?"

사실이다. 그래서 샤오유는 우물쭈물거리며 쉽게 답을 내어 놓지 못했다.

"그럼에도 불구하고 전 흑룡 쪽을 배려해 줬습니다. 때문에 그 어떤 책임도 묻지 않고 텔레포트를 사용해 주길 원했지요. 왜냐하면 지금 나는 바덴 성으로 가는 것이 그 무엇보다도 급하니까. 그런데 이 정도 일 처리도 제대로 못 해준다면 이야기가 달라지죠."

"하지만 그건 저희의 잘못이 아니라 시스템적으로……."

"그래서 내 잘못입니까?"

카이의 싸늘한 눈동자를 마주한 샤오유는 아랫입술을 꽉 깨물며 고개를 흔들었다.

"그럼 저희가 어떻게 보상을 해드려야……."

"흠. 현실적으로 지금 내가 바덴 성에 가는 것은 무리인 것 맞죠?"

"예에……."

"그럼 이렇게 합시다."

마치 지금까지의 차가운 눈빛과 표정이 거짓이었다는 듯, 미소를 지은 카이가 그녀의 어깨를 툭툭 두드렸다.

"내가 바덴 성에 도착하기 전까지, 바덴 성이 함락되지 않도록 막으세요."

"예? 하지만 저에게는 그 정도의 권한이⋯⋯!"

"그래서 내가 말했죠? 책임자 불러오라고."

우드득, 우드득.

제 말을 마치고 목과 어깨, 허리부터 무릎까지. 순차적으로 스트레칭을 마친 카이가 등을 돌렸다.

"뭐, 전력으로 뛰어가면 여기서 바덴 성까지는 30분 정도 걸리겠네요. 만약 그전에 바덴 성이 함락당하면, 단언컨대 그 뒤에는 재미없는 일이 일어날 겁니다."

콰드드드득!

오우거의 거대한 몽둥이에 얻어맞은 건물은 그대로 부서지며 파편을 사방으로 뿌려댔다.

쿠웅, 쿠웅!

투석기도 없건만 거대한 바윗덩이가 날아다니는 전장!

정신없이 흘러가는 전장을 살펴보던 미네르바가 아랫입술을 깨물었다.

'오히려 밖에서 싸우는 것보다는 이게 낫지만⋯⋯.'

서문을 통해 꾸역꾸역 들어온 몬스터들의 기세는 좋았다.

하지만 바덴 성의 시가지는 인간을 기준으로 만들어진 곳.

게이트에서 흘러나온 중형, 대형 크기의 몬스터들에게는 행동에 제약이 생길 수밖에 없었다.

아직도 성 밖에는 수백의 몬스터가 자기 차례를 기다리며 줄을 서 있는 상황!

'조금 전에 북문이 뚫렸으니 이제 남문도 뚫리겠지.'

지금은 좁은 시가지에서 겨우겨우 막아내고 있을 뿐. 그조차도 세 방향에서 몬스터들이 몰려오면 또다시 후퇴를 해야 한다.

"지원군이 오기는 오는 거야?"

"젠장, 친구들이 온다고는 했는데…… 텔레포트가 안 통해서 달려와야 한대!"

"그걸 또 언제 기다려!"

쉴 틈 없이 치러지는 전쟁판에서 유저들은 엄청난 양의 정신적 스트레스를 받았다.

베어도 베어도 재생하는 트롤의 강인한 육체. 한 번의 타격만 허용해도 빈사 상태에 이르는 오우거의 공격.

그 모든 것들을 신경 써야 한다는 것부터 정신력 소모는 그 어느 때보다도 컸다.

"도, 동문 열립니다!"

"뭐! 동문은 분명 몬스터들이 없다고…… 아니, 게다가 함락당한 게 아니라 열리다니?"

부하의 보고에 막 오우거의 머리 하나를 잘라낸 기사 단장이 불같이 소리쳤다.

"모, 모험가들입니다! 지원군이에요!"

"지원군?"

그 한마디에 유저와 NPC들의 얼굴에 화색이 돌았다.

"수는 많지 않습니다. 하지만 가슴팍에 검은색 용 상징을 달고 있는 이들은 분명……."

"모험가들의 세력, 흑룡이군!"

"흑룡 길드!"

"세계 10대 길드에서 지원을 온 건가!"

모두가 기뻐할 때, 미네르바는 당황한 표정을 지을 수밖에 없었다.

'그 쟈오 린이 바덴 성에 원군을 보냈다구? 말도 안 돼.'

그는 절대 지는 싸움을 하지 않는 사람이다.

그 말은, 패배할 확률이 높아 보이는 싸움에는 아예 발조차 들여놓지 않는다는 뜻. 안타깝게도 현재 바덴 성 전투는 누가 봐도 몬스터들의 승률이 높아 보였다.

"미네르바 님. 아무래도 뭔가……."

"이상하죠?"

부 마스터 라즐리도 이상함을 감지하고 운을 띄웠다.

"일단 도와주러 왔으니까…… 뒤통수를 치지는 않을 거예요."

이런 상황에서 배신을 하면 흑룡의 이미지는 물론, NPC들의 적대감도 말도 안 되게 치솟을 터. 당연히 쟈오 린이 그런 실수를 범할 리는 없었다.

"지금은 이유가 무엇인지는 중요하지 않아요."

"예."

정찰병의 말처럼 흑룡 길드의 지원군 수는 그리 많지 않았다.

기껏해야 150명 정도.

하지만 그들은 전장의 그 누구보다 용맹하게 싸웠다.

"절대! 절대 바덴 성이 함락당하면 안 된다!"

"15분만 버텨라! 그 뒤에는 함락당해도 우리 탓 아니야!"

"우리가 막아야 할 건 딱 15분이다!"

몬스터를 베어 넘기며 소리를 지르는 흑룡 길드원들!

그들의 외침에 유저들은 고개를 갸웃거렸다.

'15분? 왜 15분인데?'

'우리가 싸우는 동안 게이트에 대한 정보가 더 풀렸나?'

'일정 시간을 버티면 게이트가 소멸된다거나……'

유저들이 엉뚱한 상상을 하고 있을 때, 거대한 굉음이 성을 뒤흔들었다.

와르르르르르!

서쪽의 성채가 무너지며 내는 소리였다.

무너진 성채 사이로는 해가 떨어지며 발하는 눈부신 석양이 들어왔다.

"맙소사! 성문을 부수는 건 이해해도……."

"몬스터 따위가 성채를 부순다고? 에라이! 페가수스 새끼들아 이건 아니지!"

"석양이 진다……."

게다가 엎친 데 덮친 격으로, 무너진 돌들을 짓밟으며 트롤 히어로가 바덴 성 내부로 진입했다.

"젠장, 이봐요! 15분을 버티면 대체 어떻게 된다는 겁니까?"

"게이트 소멸? 그도 아니면 흑룡의 최정예가 도착하나?"

"응? 그게 무슨 개소리야."

흑룡 길드원 하나가 인상을 팍! 찡그리며 말했다.

"우리 길드 쪽에서는 더 이상의 지원이 없어."

"뭐, 뭐라고? 그럼 15분만 더 버티라고 한 건……?"

"그 뒤에도 뭐 빠지게 싸워야 되니까 기적을 바라고 있다면 꿈 깨라고 말하고 싶군. 하지만……."

그는 3미터 크기의 트롤 히어로를 바라보며 투덜거렸다.

"15분 후면 저런 괴물도 가볍게 요리할 수 있는 녀석이 올 테니까, 최대한 버티라는 소리지."

"음. 생각보다 쾌적한데."

만약 카이 혼자서 바덴 성까지 전력 질주를 했다면 조금 더 빨리 도착할 수 있었을 것이다.

하지만 게임 캐릭터라고 해도 기본적인 스테미너는 존재하는 법. 체력이 바닥난 상태로 게이트 두 개를 상대할 수 있는 괴물은 세상에 없다.

때문에 카이는 듀라한 하나의 등에 업혔다

'스테미너가 항상 최대치인 건 언데드의 장점이니까.'

듀라한의 등에서 내린 카이는 저 멀리 내려다보이는 바덴 성을 쳐다보았다. 만약 지금이 가을이었으면 바덴을 둘러싼 평야는 황금빛 바다처럼 흔들리고 있을 터.

하지만 추수가 끝난 평야는 마치 죽음의 땅을 보는 것처럼 삭막했다. 게다가 평야에는 밀과 쌀 대신 흉측한 몬스터들이 있으니 더욱 그렇게 보일 수밖에.

"어디 보자……."

카이가 날카로운 눈으로 전장을 관측했다.

'서쪽은 아예 성채가 무너졌네? 북문도 뚫렸고, 남문은 아직 버티고 있네. 그리고 동문은…… 어라, 저쪽은 몬스터가 몇십 밖에 없네.'

만약 내성에서 다른 이들과 함께 수성할 거라면 동문을 통해 들어가는 것이 가장 수월해 보였다. 하지만 카이는 굳이 그럴 필요성을 느끼지 못했다.

"이건 며칠 전 읽었던 손자병법에도 자주 언급되던 상황이구나."

손자병법 제2계, 위위구조(圍魏救趙). 포위망에 갇힌 아군을 구할 때는 무작정 그들과 합류하는 것이 아니라, 우회하여 적들의 배후를 치는 것이 몇 배나 효과적이라는 것을 설명해놓은 계략이다.

'그렇다면 여기서 내가 취해야 할 행동은……'

적들의 배후. 그것도 가장 맹렬한 공세를 펼치고 있는 서문의 몬스터들을 뒤에서부터 공격하는 것!

카이는 반쪽도 남지 않은 태양을 쳐다보았다.

"아쉽게도 이제 태양의 시간은 끝났어."

지평선 너머에 아슬아슬하게 걸쳐 있던 태양이 떨어지자, 대지에는 어둠이 내려앉았다.

[밤이 되어 태양이 사라졌습니다. 태양의 신체 효과가 적용되지 않습니다.]

모든 능력치를 20%나 상승시키는 꿀 같은 패시브!

자신의 힘이 크게 약해진 것이 느껴질 정도로 능력치가 큰 폭으로 줄어들었다.

하나, 카이는 절대 아쉬움을 뱉어내지 않았다.

덜그럭, 덜그럭, 텅텅!

해가 지면 모든 몬스터들의 능력치는 30%가 증가한다.

물론 유저들이 소환한 몬스터들은 그 혜택을 받지 못한다.

단, 언데드는 다르다.

'네크로맨서 랭커들의 영상을 보면 하나같이 하늘이 새카만 이유가 있지.'

태양의 사제가 낮 동안 강해지듯, 네크로맨서는 밤이 되면 강력해지는 직업이다. 물론 카이에겐 네크로맨서의 스킬이 단 하나도 없었지만, 언데드는 있다.

[밤이 되었습니다. 통솔하는 언데드들의 능력치가 30% 상승 합니다.]

"가자."

덜그럭, 덜그럭.

듀라한 23마리와 59마리의 스켈레톤. 그들을 통솔하는 카이는 곧장 언덕길을 내달리듯 내려갔다.

"망했다."

그건 단순히 몬스터들의 수가 너무 많아서가 아니었다.

[밤이 되었습니다. 모든 몬스터들의 능력이 30% 증가하며, 경험치 획득률이 20% 상승합니다.]

바덴 성을 지키던 유저들의 눈앞에 떠오른 메시지 때문이었을 뿐. 짤막한 한 줄의 문장은 유저들의 뚜껑을 열리게 하기 충분했다.

"젠장, 이런 상황에서 무슨 경험치야!"

"덜렁거리는 관짝에 아예 못을 박아라, 못을 박아."

한없이 불리한 상황에서 떠오르는 절망의 메시지.

체력이 얼마 없는 상태에서 얻어맞은 공격이 치명타로 터진 것만큼이나 짜증 나는 상황!

시간을 확인하던 미네르바와 흑룡 길드의 인물들이 복잡한 표정을 지었다.

'약속했던 30분이 지났는데…… 왜 오지 않죠?'

'약속했던 15분이 지났는데…… 왜 안 와?'

카이가 약속했던 시간이 지났건만, 동서남북 어디에도 그의 모습은 보이지 않았다.

'여태까지 동문을 통해서 들어오지 않는다는 건 아직 도착

하지 않았거나……'

'위위구조를 노리는가?'

그들은 카이라는 1급수를 마시지 못해 갈증이 난 사람들이다.

"후퇴, 후퇴해!"

"젠장, 도시의 서쪽은 완전 함락이다! 도망쳐!"

서쪽을 틀어막던 유저와 기사들이 패배를 시인하고 중앙 지역까지 전선을 끌어내렸다.

겨우 막아놓았던 수도꼭지가 터진 것처럼 물밀듯 밀려오는 몬스터들!

"아아……."

미네르바가 핑핑 돌아가는 시야에 이마를 부여잡고 비틀거릴 때, 라즐리가 그녀의 신형을 부축하며 이를 갈았다.

"카이 녀석. 저희를 보기 좋게 물 먹…… 응?"

카이를 향한 욕설을 뱉어낼 준비를 하던 라즐리에게, 길드원들이 헐레벌떡 다가왔다.

"허억, 허억! 미네르바님, 라즐리님!"

"무슨 일이냐. 숨이나 좀 돌리고 말해라."

"헉, 헉…… 감사합니다……."

이윽고 숨을 몰아쉬며 심호흡을 한 길드원이 천천히 편지 하나를 꺼내 라즐리에게 건넸다.

"이건……?"

"동문을 기웃거리던 스켈레톤 하나가 들고 있던 편지입니다. 보시면 알겠지만…… 발신자가 카이입니다!"

"이런 중요한 걸 왜 이제야 말하나!"

버럭 소리를 지른 라즐리는 냉큼 편지지를 뜯어 내용을 확인했다.

서(西), 출정(出征). 대기요망(待機要望).

"서쪽…… 서쪽이라……!"

라즐리의 음성을 들은 미네르바는 곧장 바덴 성의 지도를 쫘악 펼쳤다.

"서쪽이라면…….

트롤 히어로와 녀석을 따르는 몬스터가 쏟아져 나오는 곳.

'서쪽부터 정리할 셈이구나.'

그런 뒤 전열을 재정비하여 트리플 헤드 오우거가 위치한 북쪽을 틀어막을 생각일 터.

"하지만 대기요망이라니……?"

설마 도와주러 오지 않아도 된다는 뜻일까?

'아무리 카이의 전투력이 강하다고는 해도, 이곳에 엘프와 인어들을 끌고 왔을 리는 없어요.'

그렇다면 혼자서 뭔가를 해보겠다는 뜻인데…….

미네르바는 슬며시 고개를 들어 서쪽을 바라봤다.

"……지금 혼자서 저 수를 뚫고 오겠다는 건가요?"

사람이 워낙 믿을 수 없는 소리를 들으면 헛웃음부터 나는 법. 미네르바는 뭐라 설명할 수 없는 애매한 기분을 느끼며 헛웃음만 흘렸다.

카이가 소환한 스켈레톤 나이트들의 레벨은 298이었다.

그런 그들이 서임 스킬을 사용해 듀라한으로 승격되며, 스탯이 많이 올랐다. 그뿐인가? 그 상태에서 카이의 버프까지 받고, 밤이 되어 30%의 능력치가 모두 상승했다.

'그 말은 즉…….'

한시적이긴 하지만, 자신의 언데드 군단이 낼 수 있는 힘은 눈앞의 몬스터 군단보다 훨씬 높다는 뜻!

물론 태양의 사제라는 직업을 지닌 카이의 축복이 거기서 끝날리 만무!

"스킬 발동, 천사들의 찬가!"

수호의 시미즈가 남긴 성환을 통해 사용된 스킬이 언데드 군단을 뒤덮었다.

[태양신 헬릭이 은혜로운 태양빛을 선물합니다.]
[천사들이 낭송하는 찬가를 들었습니다.]
[받는 물리 피해가 30% 감소합니다.]
[받는 마법 피해가 30% 감소합니다.]
[모든 상태 이상 저항력이 40% 증가합니다.]

"평균 레벨 250의 몬스터 군단이다. 쓸어버려!"

카이의 명령과 함께 어둠을 등에 지고 달려 나간 언데드들은 무정한 검을 휘둘렀다.

콰드드드드득!

웬만한 상처는 금세 회복해 버리는 트롤들의 사지가 일격에 절단당하며 허공을 날아다녔고, 엄청난 힘을 자랑하는 오우거들이 듀라한의 발차기 한 번에 뒤로 내동댕이쳐졌다.

우드득, 우드드드득!

게다가 듀라한의 검에 의해 몬스터가 사망하면, 어김없이 시체가 있던 자리에서 스켈레톤이 생성되었다.

무한으로 증식하는 언데드 군단!

게다가 그들이 잡아대는 몬스터들의 공적치는 모조리 카이에게 들어왔다.

[휘하의 듀라한이 하드 트롤을 사냥하여 7포인트의 공적치를 획득합니다.]

[휘하의 스켈레톤이 그레이 오크를 사냥하여 5포인트의 공적치를 획득합니다.]

[휘하의 듀라한이 샤프 맨티스를 사냥하여 12포인트의 공적치를 획득합니다.]

……

초 단위로 쑥쑥 늘어나는 공적치들!

'여기 있는 몬스터들 전부 쓸어담고, 상급 게이트 두 개도 내 손으로 파괴하면……'

공적치 랭킹 1위는 불가능할지 몰라도, 최소 상위권에는 들 수 있다. 그 사실을 인지한 카이는 자신의 분신과 함께 움직이기 시작했다.

'여기 있는 잡몹들은 언데드들에게 맡겨도 돼.'

자신이 해야 할 건 전장을 돌아다니는 네임드와 보스 몬스터들!

'쉽게 잡을 수 없는 녀석들을 내 손으로 끊어줘야 해.'

검을 빼 든 카이는 오크와 트롤, 맨티스들의 머리를 밟으며 전장 깊숙한 곳으로 홀로 들어갔다.

"크롸아아아아악!"

"커어어엉!"

몬스터들이 겁 없이 자신들의 영역으로 들어온 카이를 죽이기 위해 혈안이었지만, 그때마다 카이는 가볍게 손가락을 한 번씩 튕겨줬다.

"태양의 분노."

파지지지직…… 콰르르르릉!

그때마다 밤에는 존재할 리 없는 태양빛이 어둠을 뚫고 지상에 내려오며 전장을 쑥대밭으로 만들었다. 그런 상황이 몇 번이나 연출되자, 몬스터들은 카이가 다가온다 싶으면 뒤도 돌아보지 않고 도망갔다.

'나야 편해서 좋지.'

겁에 질린 몬스터들을 뒤로한 카이는 무너진 서쪽 성채의 안쪽으로 들어갔다.

성채를 넘는 것과 동시에 시야로 보이는 거대한 몬스터.

'저기 있다. 트롤 히어로.'

상급 게이트에서 흘러나온 보스 몬스터 중 한 마리!

게다가 군단장이라는 타이틀까지 가지고 있기에, 녀석이 존재하는 것만으로도 주변 몬스터들의 힘이 강력해진다.

"우선 너부터."

한 번이라도 해본 사람과, 한 번도 해보지 못한 사람의 차이는 메꿀 수 없는 법이다.

화이트홀에서 아오사와 전투를 치르며 시가전 경험이 있는 카이는 능숙하게 건물 지붕 위로 올라탔다. 불타오르는 도시의 건물 지붕을 요리요리 이동하고, 길이 끊어져 있으면 태양 사슬을 통해 길을 만들었다.

"저놈 묶어."

트롤 히어로의 지근까지 접근한 카이가 명령하자, 분신이 양팔에서 두 줄의 신성 사슬을 사출했다.

촤르륵, 촤르르르륵!

"크으아아악!"

자신의 목을 휘감은 기분 나쁜 사슬을 느끼던 트롤 히어로는 곧장 사슬을 잡아당겼다.

후우우웅!

그 손짓 한 번에 맥없이 딸려 나가는 카이의 분신.

"어차피 걔, 이제 체력도 얼마 없어."

다른 소환수들은 모두 체력 회복 스킬로 치료가 되지만, 분신은 그것이 불가능했다.

'뭐, 나름대로 밸런스를 맞추려고 한 거겠지.'

만약 힐 스킬을 통해 태양 분신을 계속해서 치료할 수 있다면, 강력한 군인을 무한정으로 찍어낼 수도 있을 테니까.

"우선 큰 거 한 방 먹고 시작하자."

태양의 분신은 골리앗에게 이미 피떡이 되도록 얻어맞은 상황이었다.

그 상황에서 분노한 트롤 히어로가 자신의 날카로운 손톱을 복부 깊숙하게 박아 넣자, 분신이 밝게 빛나기 시작했다.

'태양의 분신과 듀라한은 상반된 존재지만, 공통적인 부분이 딱 하나 있지.'

바로 죽을 때 터진다는 것.

"크르으윽……?"

무언가 불길함을 감지한 트롤 히어로가 분신을 던져 버리려 했지만, 신성 사슬에 칭칭 감긴 분신은 트롤 히어로의 몸에 딱 붙어 떨어지질 않았다.

"그리고 펑."

콰아아아아아앙!

바덴 성의 길거리에서 이전에 일어난 적 없던 엄청난 폭발이 일어났다. 분신이 폭발할 것이라는 걸 알고 있던 카이조차 기겁할 정도의 폭발이.

"……대미지 한번 살벌하네."

레벨 278의 트롤 히어로가 지닌 엄청난 체력이 단숨에 30%나 날아갈 정도다.

주변의 다른 일반 몬스터들이 일격에 빈사 상태에 이른 건 당연지사.

카이는 그들의 체력을 확인하는 순간 망설이지 않고 건물의 지붕에서 뛰어내렸다.

'이런 걸 누워서 떡 먹기라고 하는 건가?'

콰르르르릉!

태양의 분노가 시가지에 내려꽂히며 체력이 간당간당하던 몬스터들을 일격에 녹여 버렸다.

"크루아아아악!"

그건 트롤 히어로도 예외가 아니었다. 상상해 본 적도, 겪어 본 적도 없던 고통에 노출된 녀석은 비명을 터트리며 카이를 죽일 듯 노려봤다.

"뭘 봐."

붉게 충혈된 트롤 히어로의 눈을 마주 본 카이가 스르릉, 검을 뽑아냈다.

'트롤의 강점은 체력 재생 속도가 아주 높다는 것.'

반면에 약점은 아주 명확했다.

"신성력이지."

트롤은 언데드도, 악마도 아닌 주제에 신성력에 민감한 몇 안 되는 몬스터 중 하나이다. 몬스터 설정집에 따르면 트롤은 과거 어떠한 신을 모셨던 신관들의 후손이다. 그들은 신의 힘을 받아 잔병치레 없이 항상 건강하게 살 수 있는 신체를 손에 넣었지만, 그 힘에 도취하여 믿었던 신을 우습게 보는 죄를 저지르게 된다.

'그 결과 신의 분노에 직격타를 꽈앙.'

신성력에 취약해지고, 지능이 한없이 낮아져 몬스터가 되어 버린 종족이라는 것이 그들의 설정.

'틈틈이 공부해 둔 것이 이렇게 도움이 되는구나!'

랭커들은 사냥을 하기 전 항상 사전 준비를 철저히 한다.

몬스터의 약점은 무엇인지, 패턴은 무엇인지, 어느 장비 세트를 입고 싸워야 하는지. 그것을 모두 무시할 수 있는 존재가 있다면, 그야말로 진정한 천재일 터.

'아쉽게도, 나는 천재가 아니지.'

그랬기에 카이는 누구보다 열심히 노력했다.

태양의 사제가 지닌 스킬을 열심히 분석하고, 사제가 지닌 단점을 메꾸기 위해 선행 스탯을 열심히 쌓으며 힘 스탯을 올랐다.

더블 캐스팅을 비롯한 신변잡기를 배우는 것은 덤!

그 수많은 노력이 만들어낸 결과는 실로 단순했다.

"신성 폭발."

후욱.

전신에서 흘러나온 뜨거운 열기는 차가운 밤공기와 한데 섞여 어디론가 흘러갔다.

'나 혼자 한다.'

사냥도, 전쟁도, 그리고 레이드도.

노력의 결과 카이는 그 모든 것들을 혼자서 할 수 있는 몇 안 되는 존재가 되었다.

"키에에에에엑!"

카이의 전신에서 흘러나오는 신성력을 마주한 트롤 히어로의 눈동자가 잘게 떨렸다.

하지만 그는 무리를 통솔하는 보스 몬스터.

자신이 누군가에게 겁을 먹었다는 것은 곧 분노가 되었다.

쐐애애애애액!

밤공기를 가르며 쇄도하는 트롤의 날카로운 손톱!

한 번 뚫리면 손톱을 잘라내지 않는 이상 빠져나올 수 없는 지독한 공격이었다.

"업그레이드."

[업그레이드 스킬이 사용되었습니다.]
[다음에 사용할 스킬 세 개의 효과가 대폭 강화됩니다.]

"신성 사슬."

카이는 돌연 자신의 왼팔이 묵직해지는 것을 느꼈다.

평소에 불러내던 것보다 훨씬 굵고, 마찬가지로 무게도 무거운 신성 사슬.

[업그레이드 스킬에 의해 신성 사슬이 강화된 상태입니다.]
[신성 사슬의 구속력과 사슬의 크기, 무게가 세 배 증가합니다.]

"후으으으읍……!"

천천히 몸을 회전시키며 원심력을 일으킨 카이는 곧장 사슬을 쏘아냈다.

콰드드드드드득!

여태까지 적의 관절 부분을 묶는 것만으로 만족해야 했던 신성 사슬.

하지만 업그레이드 스킬로 강화된 신성 사슬은 달랐다.

"크아아아아륵!"

거대한 사슬에 가슴을 얻어맞은 트롤 히어로가 건물 몇 채를 가볍게 무너뜨리며 뒤로 넘어졌다.

"신성 사슬."

또 한 번 묵직한 감각이 왼팔에서 느껴졌다.

카이는 사슬을 사출해 트롤 히어로의 양팔을 묶었다.

"크르윽?"

텅텅!

트롤 히어로가 사슬에 묶인 팔을 바닥에 내려쳤다.

하지만 요란한 소리가 날 뿐, 쉽게 풀리지 않았다.

카이는 두 개의 사슬에 묶여 자리에서 일어나지도 못하는 녀석을 쳐다보며 천천히 왼손을 올렸다.

마침내 어깨와 가슴의 각도가 정확히 90도를 이뤘을 때, 카이는 입을 달짝이며 손가락을 튕겼다.

"홀리 익스플로젼."

어둠을 집어삼키는 강렬한 빛이 도시의 거리를 물들였다.

[보스 몬스터, 트롤 히어로를 처치했습니다.]

[공적치 포인트 2,870을 획득합니다.]

[게이트에서 나온 몬스터들의 위력이 약해집니다.]

"후우."

레벨 278의 트롤 히어로가 일개 유저 한 명에게 처치되는 데에는 12분밖에 걸리지 않았다.

"업그레이드와 신성 사슬 콤보도 좋은데?"

보스 몬스터조차 쉽게 풀어낼 수 없을 정도의 사슬이라니.

카이는 생각지도 못한 수확이 입꼬리를 올렸다.

'그리고 홀리 익스플로젼은…… 기본 스킬이라고 얕보고 있었는데…….'

올라간 입꼬리가 천천히 내려오며 어색한 표정을 만들어냈다.

바덴 성의 서쪽 구역 건물들을 불도저처럼 밀어버린 것이 스킬 하나의 힘이라니. 다른 직업이라면 2차 전직을 마친 마도

사가 상위 스킬을 사용했을 때나 낼 수 있는 위력이다.

'업그레이드라는 거, 생각보다 변수를 만들기 좋겠어.'

재사용 대기시간도 5분으로 그리 긴 편은 아니다. 게다가 세 개의 스킬이나 강화를 할 수 있으니, 그때 그때 전략적인 선택을 취할 수 있다는 장점도 있다.

"공적치가 계속 들어오는 걸 보니 바깥은 아직도 순항 중인 것 같고……"

카이는 바리케이트가 쳐져 있는 바덴 성의 중앙 지역을 힐긋 쳐다봤다.

'우선 영주부터 살리는 게 먼저겠지.'

그 후에야 남아 있는 한 마리의 보스 몬스터를 해치우고, 게이트들을 파괴하면 될 터.

검을 늘어뜨린 카이는 중앙 지역의 몬스터들을 무차별적으로 베어가며 앞으로 전진했다.

"와."

"헐."

"대박."

영혼이라고는 1g도 포함되어 있지 않은 감탄사가 줄줄이 새어 나왔다.

하지만 어쩌겠는가. 일반인이라면 믿을 수 없는 광경을 봤을 때 아무 말도 할 수 없는 법이다.

그러니 저 정도의 감탄사를 뱉어낸 것만으로도 일반인은 아니라고 생각할 수 있었다.

"트롤 히어로를…… 12분 만에 해치운다고?"

"진짜 미쳤어. 대체 장비랑 스킬들 레벨이 얼마나 되길래…… 아니, 스탯은 어떻게 분배되어 있는 거야?"

"저저, 그냥 막 달려오면서 몬스터 썰어버리는 거 보소. 혼자 무쌍 찍냐?"

그들의 말처럼 카이는 시가전을 질주하며 다가오는 몬스터들의 팔다리를 무처럼 썰어댔다.

"흐읍!"

카이가 이토록 날뛸 수 있는 데에는 아야나 가족이 만들어 낸 영약도 크게 한몫을 했다.

[치카푸라 잎 영약 LV.7]

30분 동안 최대 스테미너가 대폭 증가합니다.

30분 동안 스테미너 재생 속도가 크게 증가합니다.

30분 동안 예리한 감각 LV.2 효과가 부여됩니다.

[민트아시오를 삼킨 큰 귀 박쥐 포션 LV.5]

20분 동안 모든 스탯이 17 상승합니다.

10분 동안 받는 대미지가 6% 감소합니다.

"후우, 후우!"

아무리 달려도, 아무리 검을 휘둘러도 숨이 턱턱 막히지 않는다. 대폭 강화된 스테미너 수치와, 재생력이 카이의 심장과 혈관을 튼튼하게 만들어주었기 때문!

'우선 서쪽 구역을 안전하게 만든다.'

얼마 없는 그들의 전력은 현재 서쪽과 북쪽, 남쪽을 동시에 경계하느라 분산된 상태다.

한쪽만 신경을 끄게 만들어줘도 상황은 훨씬 편해질 터.

'과연 침공 이벤트. 왜 저레벨 유저들이 뿔났는지 알겠네.'

하급과 중하급 게이트에서 쏟아져 나오는 몬스터들을 실컷 잡아봤자, 경험치나 공적치, 재료들은 상급 게이트에서 나오는 몬스터와 비교조차 할 수 없다.

한 마디로 이번 이벤트는 레벨이 높을수록 유리하다는 뜻!

카이는 쑥쑥 올라가는 경험치 창을 보며 저도 모르게 고개를 끄덕였다.

'여기서 최소 320레벨은 찍을 수 있을 것 같은데……'

침공 이벤트가 시작하기 직전 298레벨이었다는 것을 생각해 보면, 엄청난 성장이다. 특히 레벨이 오를수록 획득 경험치가 늘어나는 미드 온라인을 생각하면 침공 이벤트는 유저들에게 매우 은혜로운 이벤트다.

"까드드득."

때문에 카이는 더욱 열이 받았다.

'이렇게 꿀 같은 이벤트를 타이탄 그놈들 때문에 온전하게 즐기지 못하다니!'

녀석들에게 묶여 있던 몇 시간이면 몬스터들 잡아도 수백 마리는 더 잡고, 게이트를 닫아도 최소 한 개는 더 닫았을 시간이다.

'이 빚은 나중에 톡톡히 받아내겠어.'

골리앗 한 번 죽였다고 퉁치기에는 이쪽의 손해가 너무나도 막심한 상황.

복수의 칼날을 마음속에 품은 카이의 검은 더욱 매서워지기 시작했다.

"크롸아아아아!"

"그르르륵!"

자신들의 동료가 계속 죽어 나가자 이변을 눈치챈 오우거와 트롤들이 등을 돌렸다.

"어어!"

"이봐, 위험해!"

자신들을 공격하던 몬스터들이 단체로 등을 돌려 카이에게 달려 나가자, 이를 지켜보던 유저들이 당황한 음성을 뱉어냈다. 하지만 카이는 표정 하나 변하지 않고 자신에게 달려드는 몬스터들의 동선을 계산했다.

'오우거 세 마리. 트롤 두 마리랑 맨티스 네 마리.'

이 정도 숫자라면 월척 중에서도 월척!

"업그레이드, 신성 폭발."

[업그레이드 스킬에 의해 신성 폭발이 강화된 상태입니다.]
[신성 폭발의 능력치 상승 효과가 대폭 증가합니다.]
[모든 스탯이 65 상승합니다.]

카이의 움직임이 한층 더 기민해졌다.
당연히 그가 휘두르는 칼 끝도 날카로워졌다.

터벅, 터벅.
거친 전투를 치렀음에도 발소리는 육중하다.
그렇다고 그의 키가 골리앗처럼 크거나, 덩치가 오우거만 한 것도 아니었다. 그의 발소리가 지닌 강렬한 무게는 자신감으로부터 나오는 것이었다.

"자네의 이름은 무엇인가."

몬스터들의 피로 갑옷을 가득 물들인 하인드 백작이 살짝 흔들리는 눈빛을 띄우며 물었다.

유저들은 항상 용맹하던 하인드 백작의 그런 모습을 쉽사리 이해했다.

'이런 놈을 눈앞에 두고 흔들리지 않으면 그게 더 이상한거지……'

'진짜 말도 안 되는 놈.'

'아니, 애초에 성기사라는 새끼가 왜 언데드들을 이끌고 다니는데?'

서쪽에 존재하던 몬스터를 궤멸시킨 카이는 성호를 그리며 가볍게 고개를 숙였다.

"태양교의 성혈단장, 카이라고 합니다."

"……성혈단이라? 태양교 내부에 그런 단체가 있던가?"

"아마 아직 정식으로 공표되진 않았을 겁니다. 조만간 교황님에 의해 발표될 태양교의 새로운 무력 단체입니다."

"허허…… 성스러운 피라……."

힐긋 언데드들을 쳐다보던 하인드 백작은 이해하는 것을 포기했는지 헛웃음을 터뜨렸다.

"뭐, 이름이 무슨 대수겠는가. 자네가 바덴 성의 위기를 넘겨준 것은 틀림없는 사실이잖나. 그런데…… 어째서 연고도 없는 우리 바덴을 위해 이리 힘을 써주는 겐가?"

"사실 연고가 없다고 말씀드릴 수는 없습니다."

빙그레 미소를 지은 카이가 오랜 시간 인벤토리에 잠들어 있던 편지 한 장을 꺼내 그에게 건넸다.

"이것은?"

"아르센 남작님의 추천장입니다. 바덴 성의 영주님에게 가져가면 만나주실 거라 말씀하셨는데……."

"아아! 이제 기억났네! 글렌데일의 성자, 카이가 자네였단 말인가!"

믿을 수 있는 사람에 의해 신원이 확인되자, 하인드 백작은 카이를 격렬하게 환영했다.

"분명히 전서를 받은 기억이 있어. 일 잘하고 똑 부러지는 모험가 한 명에게 추천장을 넘겨주었다는 전서였네. 이전에 추천을 받았던 이도 굉장히 마음에 들었던 터라 기대를 하고 있었는데…… 방문을 하지 않아 걱정을 했었네."

"이런저런 일이 많았습니다. 늦어서 죄송합니다."

"아닐세. 사과받고자 꺼낸 말이 아니야. 오히려 바덴이 힘들 때 잊지 않고 찾아와줘서 정말 고맙네."

굳은살을 넘어 딱딱한 무언가가 되어버린 손바닥으로 카이의 손을 두드린 하인드 백작이 미소를 지었다.

"하지만 아직 전쟁이 끝난 것은 아니네. 북쪽과 남쪽에는 아직 몬스터들이 남아 있어."

"시간문제일 뿐입니다."

당당한 자신감을 드러낸 카이는 다시 떠날 채비를 했다.

"남쪽의 몬스터들은 하인드 백작님과 모험가들이 충분히 막아낼 수 있는 병력일 겁니다. 전 곧장 북쪽의 몬스터들을 처치한 뒤, 게이트를 소멸시키고 돌아오겠습니다."

"혼자서 괜찮겠나? 여차하면 기사들이라도 지원을……."

"아니요."

카이가 고개를 설레설레 흔들었다.

"영주님이 안전하셔야 제가 마음을 편하게 먹고 싸울 수 있습니다."

"자네……."

하인드 백작이 크게 감동받은 표정을 지었다.

물론, 그 상황을 지켜보던 유저들은 콧방귀를 뀔 뿐이었다.

'저 녀석 게임 좀 할 줄 아네.'

'하긴, 랭커치고 아부 못 하는 놈들은 거의 없지.'

'으으. 나도 저렇게 입 잘 털 수 있는데…… 호감도 잘 올릴 자신 있는데…….'

다짜고짜 아부를 한다고 호감도가 오르는 것이 아니다.

적절한 상황과 시기, 그리고 진심이 담긴 아부일 때야 비로

소 효과가 나타나는 법!

[하인드 백작의 호감도가 상승합니다.]

만족스러운 표정으로 메시지창을 바라본 카이는 다시 등을 돌려 북문으로 향했다.

"잠깐만요!"

떠나는 카이에게 황급히 따라붙은 미네르바가 당황한 표정으로 말했다.

"성혈단이라뇨? 설마 우리 길드랑도 상관있는 단체인가요?"

"예. 프레이 길드는 절 전적으로 지원해 주셔야 하니까요."

"그런 말은 들어본 적 없어요!"

"그야 제가 말 안 했으니까요."

카이의 즉답에 미네르바는 상처받은 표정을 지으며 되물었다.

"제, 제가 우리 길드에 관련된 이야기를 이런 식으로 들어야겠어요?"

누가 봐도 달래주고 싶은, 상처받은 표정의 미네르바.

하지만 카이는 무엇이 문제인지 모르겠다는 사람처럼 고개를 갸웃거렸다.

"누구한테 전해 들은 것도 아니고, 제 입에서 나온 말이잖아요. 그리고 이야기 꺼낸 것도 이번이 처음이에요. 뭐가 문

젭니까?"

"……"

당사자에게 직접, 누구보다도 먼저 이야기를 들었다.

카이가 하는 말은 틀리지 않았다.

틀리지는 않았는데…….

'뭐죠? 왜 이렇게 기분 나쁘지?'

미네르바는 무언가 잘못되었다는 것을 느꼈지만, 무엇이 잘못되었는지 설명할 수는 없었다.

"으으……. 그래도 다음부터 우리 길드에 관련된 사항은 저에게 가장 먼저 알려주세요. 다른 사람이랑 같이 듣는 건 기분이 조금 그러네요."

"그럴게요. 그럼."

"……"

저렇게 고개를 끄덕이며 시원하게 인정하는 것도 왠지 마음에 들지 않는다!

하지만 차마 그 말을 입 밖으로 꺼낼 수 없던 미네르바는 한숨을 내쉬었다.

"저는 길드원들과 함께 남쪽 성채를 막을 거예요."

"부탁드립니다. 그리고 성혈단 이야기는 프레이 길드 입장에서도 절대 손해 보는 일이 아닐 거예요."

"……왜죠?"

미네르바의 질문에 카이는 씨익 미소를 지을 뿐, 아무런 이야기도 하지 않았다. 사실 그녀에게 해줄 이야기가 더 없기도 했다.

'나도 모르는데 어떻게 설명을 해줘. 알버트 교황에게는 그런 이름의 무력 단체를 신설하겠다는 말만 들었으니까.'

그게 대체 무슨 목적을 가진 단체인지는 카이조차 모른다.

단, 알버트 교황이 교단의 실권을 회복했고 자신이 태양신 헬릭의 대리자라는 것을 알고 있는 지금. 그가 절대 카이를 섭섭하게 하지 않을 것이라는 것만은 확실했다.

"그럼 나중에 봅시다."

"……네."

미네르바는 언데드에 대해 물어보고 싶었지만, 랭커들 사이에서 그런 걸 묻는 건 실례다.

결국 아무런 말도 하지 못한 그녀는 천천히 자신의 길드원들 속으로 돌아갔다.

'자, 그럼 트리플 헤드 오우거만 잡으면 끝나는 건가.'

나머지 몬스터들이야 시간만 있으면 다 잡을 수 있다.

'언데드들이 역소환되기 전까지는 끝났으면 좋겠어.'

다행히 유지 시간인 24시간이 지나기 전에 전쟁은 끝날 것 같았다.

덕분에 산책을 나가듯 가벼운 마음으로 북문을 향한 카이는 눈살을 찌푸렸다.

'전투 소리……?'

물론 있을 수 없는 일은 아니다.

아직도 북문에는 모험가와 NPC들이 전투를 치루고 있었으니까.

하지만 지금 귀에 들리는 소리는 조금 달랐다.

'예리한 칼로 몬스터의 가죽을 계속해서 썰어대는 소리다.'

당연한 말이지만 웬만한 고수가 아니라면 낼 수 없는 소리다. 심지어 카이가 알기로 이 자리에 그 정도 수준의 유저는 없다.

'바덴의 기사 단장이 330레벨 정도 되기는 하지만…… 분명히 아까 하인드 백작의 옆에 딱 달라붙어 있는걸 봤는데?'

궁금증을 참지 못한 카이는 앞길을 막고 있는 몬스터들을 더욱 빠른 속도로 처치하기 시작했다.

"후우!"

전신에 피를 가득 묻히고 레벨이 하나 올랐을 때. 카이는 그제야 자신이 보고 싶어 하던 전투를 목격할 수 있었다.

"검……."

가벼운 몸짓으로 트리플 헤드 오우거의 무릎과 뱃살, 어깨를 순차적으로 밟으며 튀어 오른다. 동시에 가녀린 팔뚝이 들어 올린 칼은 밝은 달을 청명하게 반사시켰다. 달빛을 녹여낸 것처럼 찰랑거리는 긴 은발의 생머리가 허공을 수놓았다.

그러한 장면이 마치 영화의 한 장면처럼 카이의 눈동자에 각인되었을 때, 그녀는 검을 휘둘렀다.

"스매쉬."

조곤조곤, 마치 아이에게 동화책을 읽어주듯 조용하게 울려 퍼지는 고운 목소리.

하지만 그 가녀린 목소리와는 별개로, 섬전처럼 내리꽂힌 검은 오우거 머리 세 개를 일격에 날려 버렸다.

[보스 몬스터, 트리플 헤드 오우거가 처치되었습니다.]
[게이트에서 나온 몬스터들의 위력이 약해집니다.]

카이는 침을 꿀꺽 삼키며 허공에서 천천히 내려오는 이를 쳐다봤다.

실제로 본 건 이번이 처음이었지만, 영상을 통해 익히 알고 있는 인물이다.

미드 온라인의 모든 랭커들이 하나같이 입을 모아 천재라고 부르는 게이머. 지금은 카이에게 뺏겼지만, 랭킹 1위라는 타이틀을 반 년 넘게 놓지 않았던 전설 중의 전설.

"하웃차."

검은색 투구를 깊게 눌러쓴 은발의 여검사, 유하린은 깃털처럼 부드럽게 착지하며 귀여운 소리를 냈다.

59장
메리 크리스마스 온라인

　좌아아악!

　가볍게 검을 흔들어 피를 털어낸 유하린은 슬쩍 고개를 들어 카이를 쳐다봤다.

　"⋯⋯."

　타인에게 자신의 정보를 공개하기를 극도로 꺼린다는 유하린.

　카이는 그녀가 이 자리에 있다는 것이 신기하기는 했지만, 딱히 위협감을 느끼지는 않았다.

　'내가 카이라는 건 알까?'

　모를 것이다. 아직 대부분의 유저들은 카이의 얼굴이 어떻게 생겨 먹었는지 모르고 있으니까.

　'이번 크리스마스 연휴 때 NET미디어가 비르 평야 전쟁 영

상을 공개하면, 그때부터는 얼굴이 알려지겠지.'

자연스레 꼬이는 파리들이 많아질 것이다.

지금 자신의 얼굴을 알고 있는 건 10대 길드 몇 군데지만, 그것만으로도 귀찮아 죽겠으니까.

'한 마디로 지금 나와 유하린은 처음 보는 상황.'

그녀와 자신 사이에는 그 어떠한 관계도 없었다.

당연히 그녀가 자신을 적대할 이유도, 반대로 친근하게 대해줄 이유도 없을 터.

적어도 카이는 그렇게 생각했다.

"……앗."

하지만 그녀는 그렇지 않은 것 같았다.

카이를 빤히 쳐다보던 유하린이 돌연 작은 탄성을 터트렸다. 이어서 곧장 사체가 된 트리플 헤드 오우거에게 다가간 그녀는 아이템을 루팅하기 시작했다.

'역시 무시하네.'

카이가 머쓱한 표정을 지으며 유하린답다고 생각할 때, 그녀는 길게 쭉 뻗은 다리를 성큼성큼 내디디며 그에게 다가왔다.

'나한테 온다고? 왜?'

그녀를 따라다니는 소문에 의하면, 그녀는 유저들을 만나도 티를 내지 않고 그냥 무시한다.

때문에 도도한 여신이라는 낯간지러운 별명마저 있다.

카이가 유하린의 접근을 어떤 식으로 해석해야 할지 고민할 때, 그녀가 손을 척 내밀었다.

"이건…… 트리플 헤드 오우거 가죽?"

유하린이 이걸 자신에게 내미는 저의가 무엇일까.

미간을 찌푸린 카이가 심각하게 고민했다.

'나한테 가죽이라고 협박하는 건가?'

생면부지의 사람에게 무턱대고 가죽을 건네는 데에는 별다른 이유가 있을 리 있나!

잠시 고민을 이어가던 카이는 고개를 끄덕였다.

'뭐, 나에게도 나쁜 제안은 아니야. 310레벨의 보스 몬스터 가죽이라면 레어한 재료니까. 이거 사서 블리자드랑 미믹의 겨울옷이나 한 벌씩 해줘야겠어.'

결정을 내린 카이는 조심스럽게 검지 하나를 들어 올렸다.

"가격은…… 이 정도면 될까요?"

"……."

아무 말 없이 그의 손가락을 가만히 쳐다보던 유하린이 고개를 절레절레 흔들었다.

'100골드로는 부족하다는 건가.'

가볍게 충격을 먹은 카이가 천천히 손가락 하나를 더 들어 올렸다.

"2, 200이라면……."

도리도리. 그녀의 완강한 거절!

카이가 세 번째 손가락을 올려야 할지, 거래를 파토내야 할지 심각하게 고민할 때,

유하린이 가죽을 카이의 어깨 위에 살포시 얹어주었다.

"……답례예요."

"예?"

카이는 자신의 귀를 의심했다.

'유하린이 말을 했어? 그것도 나한테?'

그녀의 팬클럽 회원들이 듣는다면 자신을 죽이기 위해 친위대를 보내도 할 말 없는 상황!

심지어 그 말의 의미도 가볍지 않았다.

'답례라니? 무슨 답례?'

답례란 말이나 동작, 물건 등을 남에게서 받았을 때, 이를 돌려주는 행위를 의미한다.

'아…… 설마…….'

카이가 싸늘한 트리플 헤드 오우거의 사체를 쳐다봤다.

'내가 서쪽 지역을 뚫어놓은 덕분에 저 녀석을 잡았고…… 그래서 경험치랑 공적치를 얻었으니 재료를 나눠준다는 건가?'

정황상 그렇게 해석하는 것이 맞을 터.

이에 카이는 손사래를 쳤다.

"에이, 길 지나다니는 몬스터에 네꺼 내꺼가 어디 있습니까.

굳이 안 주셔도 괜찮습니다."

도리도리. 고개를 내저은 유하린이 똑 부러지게 말했다.

"선물을 받으면 다음에 만났을 때는 꼭 답례를 하라고 배웠어요."

"아, 네에……."

이 얼마나 훌륭한 가정 교육인가!

할 말이 깨끗하게 사라진 카이는 어색한 미소를 띠며 가죽을 쓰다듬었다.

"그럼 감사히 받겠습니다. 어우, 가죽 부드럽네요. 따뜻하기도 하고."

"앗……. 맞아요. 몬스터들의 가죽을 어깨에 덮고 있으면 따뜻해요."

가죽이라는 주제가 나오자 유하린의 목소리에 생기가 훅 들어가더니, 말이 빨라지기 시작했다.

"가죽 중에서도 최고로 따뜻한 건 설산 쪽에 있는 설인의 가죽이에요. 그건 덮으면 정말 좋아요. 털이 복실복실해서 기분도 좋고, 가죽 자체에 보온 효과가 걸려 있어서 덮고만 있어도 몸이 녹아내릴 것 같아요."

"아, 그렇군요……."

"하지만 가성비가 가장 좋은 건 오크의 가죽이에요. 노린내가 조금 나고 질기기는 하지만, 강인한 오크들의 가죽은 추위를 잘 막아주거든요. 코발트 가죽은 안 돼요. 너무 얇아서 바람이 잘 들어오거든요. 애매한 게 놀의 가죽인데……."

한바탕 일장연설을 쏟아낸 가죽 덕후는 그제야 부끄러워졌는지, 천천히 뒤로 물러섰다.

"그, 그럼 안녕히."

이어서 뒤도 돌아보지 않고 달려 나간 유하린은 건물의 지붕과 지붕을 밟으며 홀연히 사라져 버렸다.

"……거참. 밤도깨비 같은 여자네."

머리를 긁적인 카이는 자신의 어깨를 덮는 건 물론, 바닥까지 질질 끌리는 거대한 가죽을 쳐다보며 웃음을 지었다.

"첫 만남에 이런 걸 주다니. 착한 사람이야."

[상급 게이트를 파괴했습니다.]
[상급 게이트를 파괴하여 공헌도 50,000포인트를 획득합니다.]
[현재까지 획득하신 공헌도는 총 121,082포인트입니다.]
[대륙의 모든 게이트가 파괴되어 침공 이벤트가 종료됩니다.]
[카이님의 공헌도 랭킹은 7위입니다.]

"후우."

두 개의 상급 게이트를 닫을 땐 이미 새벽의 해가 떠오르는 중이었다.

"7위라……. 나쁘지는 않네. 에이, 타이탄 놈들만 아니었으면 1위도 노려볼 만했는데."

영 찜찜한 기분에 한숨을 내쉰 카이는 자신을 따르는 듀라한과 스켈레톤들에게 인사했다.

"너희들도 고생이 많았다. 푹 쉬어."

하룻밤 사이에 수백 마리까지 불어난 이들을 역소환시키자 허전한 기분마저 들 정도였다.

카이는 비어버린 그들의 자리를 쳐다보며 생각했다.

'나이트 오브 나이트메어……. 확실히 위력적인 아이템이야.'

이 게임에 단 하나밖에 없는, 흑탑주 코로나가 두 달에 걸쳐 만들어낸 희대의 역작!

단 한 번 사용해 봤을 뿐이지만 카이는 아이템의 성능에 크게 만족했다.

'이 반지에는 개인을 군단으로 만들어주는 힘이 있어.'

10대 길드는 물론 어지간히 이름이 높은 길드들은 덩치가 크다. 최정예 유저들만 수백 명인 건 물론, 특별히 양성하고 있는 루키나 일반 길드원들까지 합치면 길드원만 수천 명이 넘는 곳도 수두룩하다.

그런 대형 함선들이 항해하는 바다에서, 카이라는 개인은 일개 돛단배 정도 크기에 불과하다.

'하지만 이제는 조금 달라지겠지.'

혼자서 군대를 이길 수 있는 플레이어. 자신은 이번에 타이탄 길드의 최정에 부대를 꺾고 골리앗을 죽이며 그 사실을 입증했다.

'이제 이벤트가 끝나면 아주 천천히 복수를 해줄 테니 기대하라고.'

자신을 건드린 이들에게는 철저한 복수를.

마음 깊이 각오를 새긴 카이는 바덴 성으로 돌아갔다.

"다들 고생이 많았네."

바덴 성의 절반은 하룻밤 만에 폐허가 되어버린 상태였다.

하지만 대부분의 NPC들은 이미 동문을 통해 다른 곳으로 대피시킨 상태인지라 인명 피해가 그리 많지는 않았다.

"정말 고맙네. 자네들의 노고는 내가 반드시 보상해 주지."

하인드 백작이 형형하게 빛나는 눈빛으로 선언했다.

그는 도시가 절반이나 무너졌다는 것에 슬퍼하기보다, 절반이나마 무사한 것에 감사했다.

"바덴의 자랑스러운 기사와 전사들이여! 그대들의 손으로 우리의 도시를 지켜냈다!"

"우오오오오오!"

NPC병사와 기사들이 서로를 부둥켜안으며 기쁨의 눈물을 주룩주룩 흘려댔다.

"오늘 우리의 싸움을 도와준 모험가들에게도 감사하는 마음을 잊지 말도록!"

"물론입니다!"

"정말 고마웠다고."

"모험가들은 이득이 되는 일만 하는 약삭빠른 이들이라 생각했는데…… 반성하지."

"너희들이 아니었으면 바덴 성은 진작 멸망했을 거야. 정말 고맙다."

유저들은 NPC들의 감사 인사를 뻘쭘하게 받아들였다.

'훗, 여기서 나와 저들의 차이가 두드러지는구나.'

수많은 NPC들을 도와줬던 카이는 이미 이런 상황이 적응되다 못해 제 집 안방처럼 편한 상황!

"정말 힘들었습니다. 텔레포트 게이트는 말을 안 듣지. 소문에 따르면 바덴 성의 상황은 최악이지…… 하지만 한 명이라도 더 많은 시민을 살려야 한다는 그 마음 하나로. 저는 아르나 평원을 달려 이 성에 도달했습니다."

"오오오! 설마 미론 마을에서 이곳까지 달려왔다는 건가?"

"크흑…… 우리를 위해서 그렇게까지……!"

"역시 글렌데일과 화이트홀에서 성자라고 불리는 이유가 있었군!"

[NPC 호른의 호감도가 상승합니다.]
[NPC 보트간의 호감도가 상승합니다.]
[NPC 퀴밀의 호감도가…….]

계속해서 상승하는 NPC들의 호감도, 그뿐만이 아니었다.
띠링!

[당신이 이끈 죽음의 군단이 아니었으면 바덴 성은 이미 폐허
가 되었을 것입니다. 한 사람이라도 더 살리고 싶다는 그 간절한
마음이 절망에 빠진 바덴의 시민들에게 내일이라는 희망을 선사
했습니다.]
[당신의 이야기를 듣던 헬릭이 귀를 갸웃거립니다.]
[그녀는 당신이 정말로 아르나 평원을 달려왔다는 사실을 깨
달았습니다.]
[태양신 헬릭이 당신의 선행에 크게 감동했습니다.]
[선행 스탯이 10 상승합니다.]
[태양 목격자의 효과로 선행 스탯이 5만큼 추가로 상승합니다.]
[명성이 15,000 상승합니다.]

“음 음.”

연설 한 번에 바덴 성의 시민들은 물론, 신까지 홀려 버리는 기적의 언변!

만족스러운 표정으로 카이가 스탯 창을 열었다.

[카이]

[직업 : 태양의 사제]

[레벨 : 318]

[칭호 : 신의 대리자]

[생명력 : 49,400]

[신성력 : 121,200]

[능력치]

힘 : 1156 / 체력 : 494

지능 : 386 / 민첩 : 354

신성 : 1212 / 위엄 : 336

선행 : 203

독 저항력 +30

마법 저항력 +40%

자연친화력 +200

악마, 언데드에게 주는 피해 +50%

"318레벨이라. 좋네."

비록 트리플 헤드 오우거를 잡지 못해 320레벨을 찍지는 못했지만, 침공 이벤트로 인해 엄청난 폭업을 이뤄냈으니 손해보는 장사는 아니었다.

'상급 게이트를 많이 닫지 못해서 공적치는 낮지만, 올라간 레벨만 따지면 내가 가장 많이 득을 본 것 같아.'

그 사실을 위안으로 삼은 카이에게 하인드 백작이 다가왔다.

"성혈단장 카이. 자네에 대한 감사 인사는 태양교 본단을 통해 정식으로 하겠네."

"별말씀을. 사람이라면 누구라도 저와 같은 선택을 했을 것입니다."

"허허. 사람 참, 아르센 남작의 말대로 정말 겸손하군. 그가 보내는 사람들은 하나같이 진국이야."

"아, 그러고 보니……."

하인드 백작은 지난번에 지나가듯 자신 이전에도 아르센 남작의 추천장을 받아 온 모험가가 있다고 말했다.

'아르센 남작님은 딱히 말해준 적이 없는 것 같은데…… 대체 누구지?'

궁금증이 발동한 카이가 조심스럽게 입을 열었다.

"저 말고 이전에 왔던 모험가는 어떤 사람이었습니까?"

"음……. 그녀는 내가 봤던 모험가 중에서 가장 아름다웠네."

"아름다웠……다고요?"

"그래. 긴 은발을 자랑하는 그 모험가는 검술의 달인이었네. 아까 바덴 성이 걱정되어서 들렀다가 간다고 편지도 남기고 갔었는데, 혹시 전장에서 마주친 적은 없나? 이름은 유하린이라고 하네만…… 한 번 마주친다면 잊을 수 없을 정도로 강렬한 사람이네만."

"……."

하인드 백작의 말을 듣던 카이가 고개를 갸웃거렸다.

'잠깐만. 그럼 랭킹 1위의 유하린이 아르센 남작의 추천을 통해 하인드 백작을 만난 적이 있었다고?'

자신이 유저 중 최초라고 생각했다.

왜냐하면 바덴 성의 성주와 만났다는 사람은 한 명도 없었으니까.

'하지만 그게 유하린이라면 납득은 가.'

그녀는 누구와도 소통하지 않는 외로운 한 마리의 늑대와 같은 사람이다. 당연히 소문이 퍼질 리가 없다.

'그런데 유하린이라면…….'

문득 카이의 머릿속으로 한 가지 기억이 스쳐 지나갔다.

오크 토벌대를 마치고 아르센 남작의 집에서 저녁 만찬을 즐기던 날. 그때 자신이 만났던 여인도 눈부시게 아름다웠고, 이름이 유하린이었다.

'한 번이면 우연이겠지만, 공통점이 이렇게 많다면…….'

카이의 눈이 반짝였다.

'이런 속 편한 우연이 있을 리 없지. 두 사람은 동일인물이다.'

이어서 인벤토리에 들어 있는 트리플 헤드 오우거의 가죽을 쳐다보던 카이는 헛웃음을 흘렸다.

"……뭐야. 그럼 전부 알고 있었다는 소리잖아?"

자신이 언노운인 것도, 랭킹 1위의 플레이어라는 것도.

그녀는 전부 알고 있었다는 소리다.

'그럼에도 불구하고 딱히 티를 내지도 않았어.'

오히려 오크 가죽의 답례랍시고, 310레벨짜리 보스 몬스터의 가죽을 주는 사람이다. 항상 누군가를 도와주던 자신이 누군가에게 일방적인 호의를 받아본 건 아마 이번이 처음일 것이다.

"유하린이라……."

한동안 헛웃음만 흘리던 카이는 기지개를 쭉 펴면서 하늘을 쳐다보았다.

"감쪽같이 속았지만, 나쁜 기분은 아니야. 오히려 다음에 또 만난다면……."

그때는 조금 더 편하게, 마치 좋은 친구처럼 대할 수 있을 것 같은 기분이 든다.

침공 이벤트가 성공적으로 끝난 뒤, 페가수스 사는 또 하나
의 깜짝 소식을 전했다.

"크리스마스 이벤트라……."

침공 이벤트가 유저들의 성장에 도움을 주는 이벤트였다면,
크리스마스 이벤트는 그와는 성질이 조금 많이 달랐다.

"한정판 캐릭터 의복을 시작으로…… 마음을 전할 수 있는
크리스탈 하트까지?"

한 마디로 연인과 친구들이 있는 이들을 위한 이벤트다. 카
이와는 그 어떤 접점도 없는 이벤트!

……인 줄 알았다.

"먹고 싶은 게 생겼느니라."

두 볼을 공기로 빵빵하게 부풀린 헬릭은 오랜만에 찾아온
카이를 보며 투정을 부렸다.

"아니, 뭐가 또 그렇게 드시고 싶으신데요?"

"크리스마스 스페셜 스플리트."

"허…… 그건 또 어떻게 아셨대."

간식 조달을 위해 천상의 정원을 방문한 카이는 제 이마를
짚었다. 헬릭을 힐끗 쳐다보니 지난번보다 살짝 뱃살이 나온
것 같기도 하고…….

'이거 내가 신생(神生) 하나 망치는 거 아니겠지?'

신자에게 간식거리를 잔뜩 받아서 살이 찌는 신이라니!

자신이 가져온 간식 꾸러미를 조심스럽게 내려놓은 카이가
말을 이었다.

"크리스마스가 뭔지는 아세요?"

"안다."

"오?"

바보일 줄 알았던 헬릭이 상당히 해박한 지식을 선보이자,
카이가 고개를 갸웃거렸다.

'크리스마스는 예수 그리스도의 탄생을 기념하는 날인데……
헬릭이 어떻게 알지?'

그에 대한 의문은 금방 풀렸다.

팔짱을 낀 헬릭이 자신의 어깨를 앙증맞게 으쓱거리며 베시
시 웃었으니까.

"이 몸이 인간들에게 가르침을 내려준 최초의 날이 아니더냐"

"……진짜요?"

"……네 녀석, 성전(聖典)을 읽는 것에 너무 소홀한 것 아니더
냐?"

헬릭이 살짝 뾰루퉁한 표정을 지으며 투덜거렸다.

'호감도가 떨어질 기미가 보인다!'

다급해진 카이는 빠르게 손사래를 치며 웃었다.

"에이, 농담입니다. 크, 크리스마스라서 제가 이렇게 선물도 가져왔잖아요?"

황급히 간식 꾸러미를 탈탈 털어낸 카이는 산처럼 쌓인 과자와 사탕, 초콜릿과 케이크들을 내밀었다.

"오오오……. 역시 나의 대리인! 나의 마음을 이토록 잘 헤아린다!"

밤하늘의 별처럼 눈동자를 반짝거린 헬릭은 간식 더미로 달려들었다.

척.

물론 카이는 팔을 들어 그녀를 제지했다.

"왜, 왜 막는 것이냐……?"

흔들리는 눈동자로 자신의 심정을 설파한 헬릭이 울적한 목소리로 물었다.

"먹고 나면 양치질 꼭꼭 하시고, 하루에 세 개씩만 드세요."

"이, 이렇게나 많은데…… 하루에 세 개뿐이라고……? 너무하다! 그대는 극악무도한 사람이다!"

"살쪄요. 이도 상하고."

"후으으으……."

"대신 말 잘 들으시겠다고 약속하시면…… 크리스마스 스페셜 스플리트를 가져다 드릴게요."

크리스마스 스페셜 스플리트!

그 단어에 고개를 푹 숙이고 있던 헬릭의 귀가 쫑긋 세워졌다.

"정말이더냐?"

"예. 물론이지요. 물론 그것을 얻기 위해 제가 엄청난 고생을 해야겠지만…… 반드시 구해다 드리겠습니다."

그녀가 원하는 스페셜 스플리트는 크리스마스 이벤트에서만 구할 수 있는 한정 메뉴였다.

바나나 위에 초콜릿, 바닐라, 딸기와 커피 아이스크림이 올라가고, 그 위에 세 개의 특별한 시럽이 올라가 있으며, 마지막으로 맛 좋은 쿠키들이 보기 좋게 꽂혀 있는 초인기 상품!

'저거 구하려면 몬스터들 부지런히 잡아야 하는데……'

자신의 레벨과는 맞지 않는 저레벨 몬스터도 잡아야 하기에 카이에게는 손해다. 하지만 헬릭과의 호감도를 올릴 수 있다면 이야기는 달라진다.

'미래를 위한 투자라고 봐야지.'

여태까지 겪었던 경험을 토대로 생각해 보면, 선행 스탯을 발급하는 주체가 바로 헬릭이다.

'그녀가 감동을 받거나, 수긍이 가면 선행 스탯을 주는 형식이야.'

원래 팔은 안으로 굽는 법!

평소에도 이쁜 짓을 하는 카이가 착한 일까지 한다면?

'선행 스탯이 점점 더 많이 쌓이겠지.'

게다가 자신은 태양 목격자라는 스페셜 칭호를 통해 선행 스탯이 50% 추가 상승한다.

'이번에도 내가 받아야 할 선행 스탯은 10개였지만 결과적으로 15개나 받았지.'

예전에 아쿠아베라 왕국을 구했을 때보다도 많은 선행 스탯을, 고작 바덴 성 하나를 구한 뒤 획득한 것이다.

한마디로 선행 스탯을 얼마나 획득할지는 순전히 헬릭의 뜻에 달려 있다는 소리!

'다른 유저들에게는 그냥 형식상의 신일지 몰라도…… 나한테는 진정한 신이나 다름없어.'

헬릭을 바라보는 카이의 눈빛이 반짝거렸다.

그 사실을 아는지 모르는지, 입안 가득 초코 케이크를 머금은 헬릭은 세상 행복한 표정을 지었다.

"후우, 재료를 이제야 다 구했네."

크리스마스 스페셜 스플리트. 그것을 받으려면 이벤트 NPC에게 몬스터들을 잡고 나온 증표들을 가져다줘야 한다.

'밴시들이 조금 까다롭긴 했어.'

물리 공격만으로는 대미지가 잘 들어가지 않아 잡기 까다로운 몬스터였다.

고작 130레벨인 덕분에 카이는 쉽게 잡을 수는 있었지만, 허공을 떠다니는 녀석들이기에 여간 귀찮은 게 아니었다.

"야야, 한정판 코스튬 무슨 부위 남았냐?"

"나는 이제 모자만 남았네. 너는?"

"난 신발이랑 수염. 혹시 재료 남는 거 있어?"

"웅, 신발 재료는 다 있는데 수염 재료는 좀 부족하네. 가자. 도와줄게."

크리스마스 기간에는 어느 도시를 가도 도시는 크리스마스 분위기가 물씬 풍겼다.

게임 안임에도 불구하고 길거리 여기저기에 캐롤이 울려 퍼지고, 광장 지역에는 밝은 전구들과 커다란 트리가 들어서 있었다.

"헬릭이 가르침을 내려준 날이라…… 이런 식으로 변형시켜도 기독교 쪽에서는 용케 별말 없네."

피식 웃어 보인 카이는 곧장 이벤트 NPC를 찾아갔다.

현실의 크리스마스를 반영한 듯, 제법 중요한 NPC들은 의상이 전부 빨간색과 하얀색으로 바뀐 상태였다.

'하긴, 크리스마스 이벤트는 예전부터 게임사들이 가장 좋아하던 컨텐츠였지.'

동시 접속자 수와 함께 컨텐츠 구매력이 증가하니까!

물론 미드 온라인은 계정비 이외의 유료 콘텐츠를 판매하지 않았다.

다만, 이벤트 한정 의상이라는 것은 유저들의 컬렉터 기질을 자극시켰다.

'헬릭한테 입혀주면 잘 어울릴 것 같긴 한데……'

그러기 위해선 다른 코스를 돌아 또 몬스터들을 잡아야 한다.

머리를 긁적거린 카이는 이벤트 NPC를 발견하곤 곧장 그녀에게 다가갔다.

"메리! 크리스마스! 어떤 일로 오셨나요?"

"크리스마스 스페셜 스플리트 교환해 주세요. 재료는 여기요."

"네에! 재료 확인되셨구요!"

귀엽게 생긴 NPC는 초록색과 빨간색 포장지로 둘러진 네모난 상자를 카이에게 건넸다.

"크리스마스 스페셜 스플리트 여기 있습니다!"

"감사합니다."

그녀에게 스플리트를 받아 든 카이가 자리를 떠나려는 찰나, 뒤에 서 있던 사람이 다급한 목소리로 NPC에게 말했다.

"저…… 크, 크리스탈 하트 받으려면 재료가……."

"밴시의 옷자락 15개와 수정 골렘의 파편 30개. 그리고……"

"다, 다른 재료들은 종류별로 넘치게 있습니다. 하지만 밴시의 옷자락은 자력으로 도저히 구할 수가 없어서요……. 어떻게 다른 방법이 없을까요?"

"이런…… 죄송해요, 모험가님. 하지만 이 재료들이 있어야 크리스탈 하트를 만들 수 있답니다."

이벤트 NPC의 미안한 표정을 마주하던 남자 유저는 터벅터벅, 힘없는 발걸음으로 자리를 떠났다.

"흠."

우연찮게 그의 말을 듣게 된 카이는 인벤토리를 슬쩍 쳐다보았다.

'밴시의 옷자락은 32개나 남았네.'

자신의 홀리 익스플로전 몇 방에 죽어 나간 녀석들만 수십 마리였으니까.

'지금 밴시의 옷자락 시세가 미쳐 날뛰고 있긴 한데……'

이벤트에 필요한 재료들의 가격이 폭등하는 건 어느 게임에서나 마찬가지다.

하지만 통장이 뚱뚱한 카이는 쓸쓸한 남자의 뒷모습을 보며 결심을 내렸다.

"저기요!"

서둘러 달려가 그를 세우자, 남자가 힘없는 목소리로 대꾸했다.

"네……? 무슨 일이신지……."

"밴시의 옷자락, 필요하십니까?"

카이의 물음에 남자가 눈을 동그랗게 뜨며 고개를 끄덕였다.

"네! 필요해요! 꼭 필요합니다! 아, 그런데……."

이내 안색이 어두워진 그는 고개를 저으며 말을 이었다.

"죄송합니다. 제가 보유 골드가 없어서 그…… 못 들은 걸로 하겠습니다."

카이가 재료 아이템을 판매하는 장사꾼이라고 생각한 그는 정중하게 사과하며 발걸음을 옮기려 했다.

"아뇨. 마침 재료가 15개 정도는 남아서요. 그리고……."

활짝 웃은 카이가 거래 창을 띄웠다.

"아까 다른 재료들은 넘치도록 많다고 하셨죠?"

"네에……. 그렇습니다만."

"혹시 크리스마스 산타 복장 재료들도 있습니까?"

"아, 네! 한 개 세트 정도를 뽑을 정도는 있습니다."

"그럼 밴시의 옷자락 15개와 교환하시는 게 어떠세요?"

남자의 입장에서도 나쁜 제안은 아니었다.

밴시는 마법사의 도움 없이 순수 전사가 사냥하기에는 매우 어려운 몬스터였으니까.

때문에 이벤트 재료 중에서도 가장 가격이 높은 재료였다.

"그, 그래 주신다면 저야 감사하지요! 다른 재료들은 구하기가 쉬운 편이니까요."

남자는 순식간에 밝아진 안색으로 거래 창에 재료 아이템들을 올리기 시작했다.

성공적으로 거래가 끝나자, 그는 온 세상을 다 가진 듯한 미소를 지었다.

"정말 감사합니다! 정말 감사해요!"

"뭘요. 오히려 죄송하네요. 다른 재료들도 구하려면 힘드셨을 텐데."

"아니에요. 가격으로 따지면 제가 더 이득을 봤으니 오히려 죄송하죠."

건네받은 밴시의 옷자락들을 따뜻한 눈으로 바라보던 남자가 말을 이었다.

"크리스탈 하트를 받으면 짝사랑하던 그녀에게 용기 내서 고백해 볼까 해요."

"커플들이 많이 생기는 밤이죠."

볼에서 느껴지는 차가운 감촉에 고개를 들어 올린 카이가 씨익 웃었다.

"하늘까지 분위기를 만들어주네요."

"화이트…… 크리스마스."

몽롱한 표정으로 이를 지켜보던 남자가 당당한 표정으로 고개를 끄덕였다.

"저는 굉장히 용기가 없는 편이에요. 항상 고백을 하고 싶어도, 계기가 필요하다고 스스로를 합리화시키며 늘 미뤄왔거든요. 이번에도 크리스탈 하트가 없으면 고백을 하지 말자고 약속을 했었는데…… 다행히 이번에는 고백할 수 있겠어요."

"다행이네요. 조금 뜬금없을 수도 있지만, 고백에 도움이 될 이야기 하나 들어보실래요?"

"경청하겠습니다."

여자를 어떻게 사귀냐고 아버지에게 여쭤봤을 때 해주셨던 이야기다.

"여자는 자신에게 고백할 용기조차 없는 남자에게 자신의 남은 인생을 맡기지 않아요. 그러니까 당당해지세요. 그녀를 얼마만큼 사랑하는지, 당신의 사랑이 얼마나 깊고 커다란지를 꼭 전달하세요."

"아……!"

카이의 말에 큰 깨달음을 얻은 남자가 감동 받은 표정으로 연신 고개를 숙였다.

"가, 감사합니다! 말투도 친절하시고, 인물도 훤칠하셔서 여자분들에게 인기도 많으실 것 같아요! 해주신 말은 꼭 잊지 않겠습니다! 꼭…… 꼭 그녀에게 제 진심을 전달하겠습니다!"

큰 용기를 얻은 남자는 밝은 인사를 남기며 떠나갔다.

"……"

한정우, 22세, 모태솔로. 연애를 글로 배운 남자였다.

"어, 어떻게 이렇게 일찍 돌아왔느냐?"

"재료 구하는 게 뭐 힘들다고요."

신출귀몰 스킬을 통해 천상의 정원으로 돌아온 카이는 빠르게 간식들부터 스캔했다.

"흠……. 딱 세 개만 드셨겠지요?"

"물론이니라! 나는 자비와 진실, 태양의 신. 그런 걸로 거짓말을 할 것처럼 보이느냐?"

'굉장히 그래 보이긴 하지만…….'

일단은 신이다.

사탕 하나를 더 먹겠다고 거짓말을 하지는 않을 터.

피식 웃은 카이는 헬릭에게 상자 두 개를 건네주었다.

기쁜 마음으로 상자를 받아든 헬릭은 아이답게 커다란 상자부터 뜯었다.

"오오……오? 이건 무엇이더냐?"

"헬릭 님의 가르침이 내려온 오늘을 기리기 위해 인간들이 입는 옷입니다."

"오오! 나처럼 예쁘구나!"

털로 이루어진 빨간색과 하얀색 옷이 마음에 든 듯, 헬릭은 곧장 그것들을 입었다.

"잘 어울리느냐?"

"예. 무척이요."

생각보다 훨씬 잘 어울리는 모습에 흐뭇하게 웃어 보인 카이는 그녀의 뒤로 돌아갔다.

"무엇 하는 것이냐?"

"잠시만 기다려보세요."

바닥까지 쓸리는 그녀의 머리카락을 크게 쥐어 반으로 접고는 두 갈래로 묶은 카이는 고개를 끄덕였다.

"열쇠고리처럼 생긴 트윈 테일의 산타 소녀라…… 좋네요."

열심히 스크린샷을 찍은 카이는 그제야 나머지 선물 상자를 가리켰다.

"저것도 뜯어보세요."

"응!"

서둘러 남은 상자를 뜯은 헬릭의 눈이 태양처럼 번쩍번쩍 빛났다.

"크리스마스 스페셜 스플리트으!"

"메리 크리스마스, 헬릭 님."

"그대도 메리 크리스마스니라! 그대의 앞길에 행운이 있기를!"

띠링!

[헬릭의 축복(행운)을 부여받았습니다.]

[7일간 플레이어의 행운이 대폭 상승합니다.]

"……."

떠오른 메시지에 고개를 절레절레 흔든 카이는 의자에 앉아 바닥에 닿지 않는 두 다리를 흔들며 스플리트를 맛있게 먹는 헬릭을 쳐다보며 아빠 같은 미소를 지었다.

To Be Continued

마왕성 플레이어

트레샤 퓨전 판타지 장편소설

WISHBOOKS FUSION FANTASY STORY

신들의 전장, 하멜.

집으로 돌아가기 위한 마지막 싸움.
믿었던 동료가 배신했다!

[영혼 이식의 대상을 선택해 주십시오.]

뒤바뀐 운명. 최약의 마왕. 그리고……

"이번에는 좀 다를 거다!"

어둠 속에 날카로운 칼날을 감춘,
마왕성 플레이어의 차가운 복수가 시작된다.

Wish Books
맛김 현대 판타지 장편소설
WISHBOOKS MODERN FANTASY STORY
책 먹는 배우님
"재희야, 너는 왜 대본을 항상 두 권씩 챙기냐?"
하나는 촬영장에 들고 다니며 남들에게 보여주는 용도,
또 다른 하나는
[드라마 〈청춘열차〉가 흡수 가능합니다.]
[대본을 흡수하시겠습니까?]
내가 먹을 용도로 쓰인다.
나는 대본을 집어삼켜, 오로지 내 것으로 만든다.
책 먹는 배우님
대본을 101% 흡수할 수 있는 배우,
재희의 이야기.

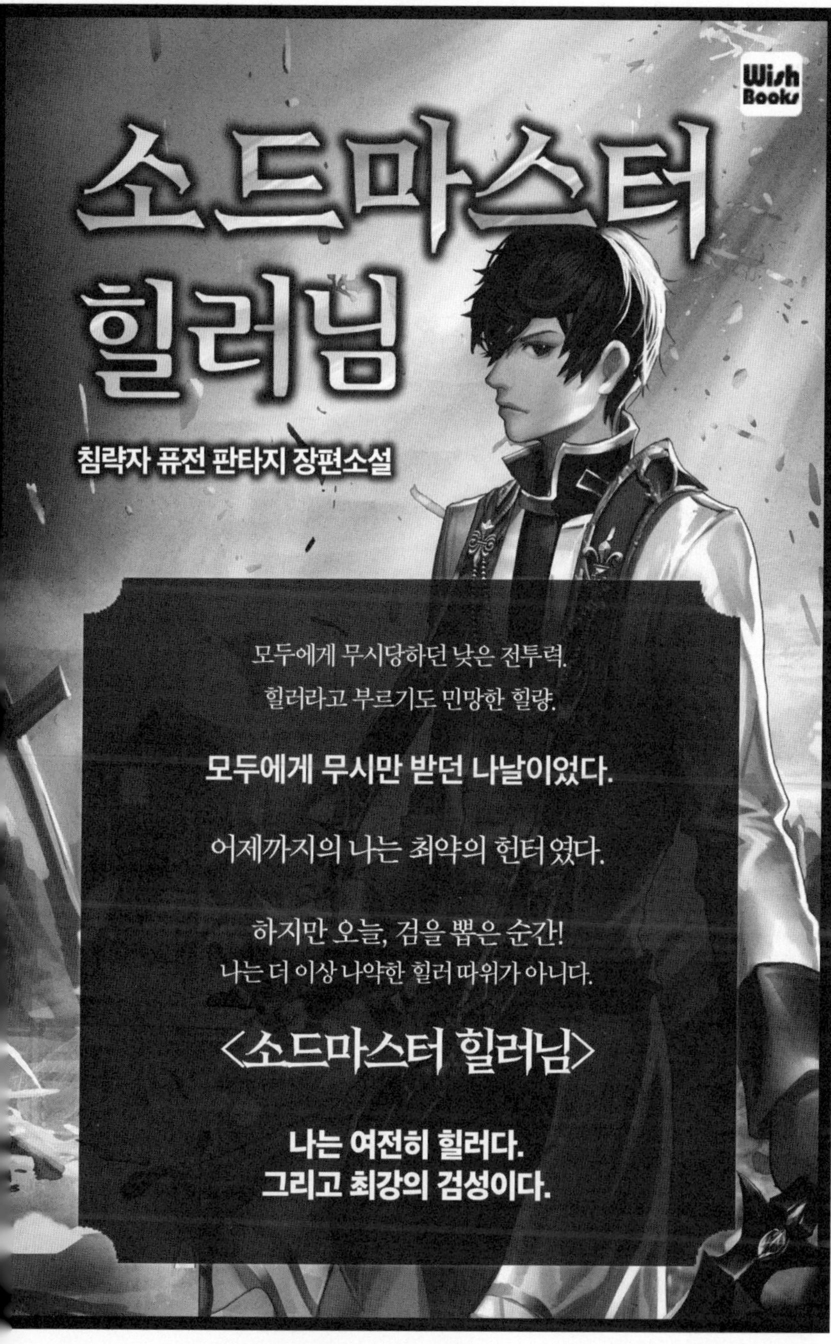
Wish Books
소드마스터 힐러님
침략자 퓨전 판타지 장편소설
모두에게 무시당하던 낮은 전투력.
힐러라고 부르기도 민망한 힐량.
모두에게 무시만 받던 나날이었다.
어제까지의 나는 최약의 헌터였다.
하지만 오늘, 검을 뽑은 순간!
나는 더 이상 나약한 힐러 따위가 아니다.
<소드마스터 힐러님>
나는 여전히 힐러다.
그리고 최강의 검성이다.

Wish Books

나는 될 놈이다

글쓰는기계 게임 판타지 장편소설
WISHBOOKS GAME FANTASY STORY

판타지 온라인의 투기장.
대장장이로 PVP 랭킹을 휩쓴 남자가 있다?

"아니, 어디서 이런 미친놈이 나타나서……."

랭킹 20위, 일대일 싸움 특화형 도적, 패배!

"항복!"

바퀴벌레라고 불릴 정도로
끈질긴 생명력을 가진 성기사조차 패배!

"판타지 온라인 2, 다음 달에 나온다고 했지?"

평범함을 거부하는 남자, 김태현!
그가 써내려가는 신개념 게임 정복기!